Blind Love

～恋に堕ちて～

CROSS NOVELS

日向唯稀

NOVEL: Yuki Hyuga

水貴はすの

ILLUST: Hasuno Mizuki

JN264786

CROSS NOVELS

CONTENTS

CROSS NOVELS

Blind Love
〜恋に堕ちて〜
7

あとがき
242

CONTENTS

「この姿も、その心も、全部欲しいと思う存在だ。ただ、それだけだ」

Blind Love

～恋に堕ちて～

CROSS NOVELS

プロローグ

かれこれ七年が過ぎるというのに、どうしてこんなにはっきりと思い出せるのだろうか？

あの日は暗雲と豪雨に視界を奪われ、鳴り響く雷には聴力をも奪われて、記憶に残っているのは、それだけで十分なはずだった。

〝一真《かずま》!!　テメェ、俺を裏切りやがったな〟

だが、悲憤に満ちた男の顔は、今でも脳裏に焼きついていた。

〝こんな真似しやがって、どうなるかわかってるだろうな!!〟

憎悪に駆られた男の悲鳴は、鼓膜の奥に貼りつき、ときおり耳鳴りのような苦痛を与えてきた。

〝許さねぇぞ、一真。お前だけは、絶対に。絶対に許さねぇから、覚えてろよ！〟

男は両手を手錠に繋がれ、左右の腕を警官に捕らわれながらも、車に押し込められる瞬間まで抵抗をやめなかった。車がけたたましいほどのサイレンと共に走り出しても、姿さえ見えないはずのたった一人の男、結城《ゆうき》一真に向かって報復を叫び続けていた。

『室崎《むろさき》さん――――』

チカチカと光る真っ赤なランプが目に焼きついた。

雷が落ちる音とサイレンの不協和音が耳にこびりついた。

『逃げなきゃ。俺も、逃げなきゃ』

結城は意識が朦朧《もうろう》としてくる中で、その場から走り出した。

『俺が通報したって知れたら、ただじゃすまない。俺も奴らに追われて、殺される』

どこへ向かって走っているのか、自分でもわからなかった。

走り抜いた先に、安息の地があるのか、それさえも見えてこなかった。

『疲れた。でも、もう、疲れた』

いったいどれほど雨の中を走り続けていたのか、わからない。

『こんなに疲れているのに、逃げきれるわけがない。いつかは走れなくなって、倒れるだけだ。奴らに見つかって、始末されるだけだ』

降り続いていたはずの雨が、いったいいつ止《や》んだのかもわからない。

『もう、もう嫌だ。俺には無理だ。こんなの、いつまでも続かない。続くはずがない』

わかっているのは、疲れ切った身体と精神が、終わりを求めて一つの結論を出したこと。

『さよなら――――室崎さん』

耳を劈《つんざ》くような急ブレーキの音。

タイヤがスリップする音。

雨上がりの路上に打ちつけられた一つの肉体。

どこからともなく聞こえた、他人《ひと》の悲鳴《こえ》。

『それでも俺は、あんたのことが好きだった』

結城のすべてが、ここで終われるはずだった。

享年二十三歳――――。

どちらかといえば平凡だったはずの人生が、最後の一年で大きく狂ったが、それでも悔いなく終わるはずだった。

『あんたのことだけを、最初から最後まで、愛してたよ』

このまま永久の眠りにつくことさえできれば。

「っ、轢《ひ》いたか!?　おい、大丈夫か!!」

すっかり冷えた肉体が、他人の温《ぬく》もりに起こされさえしなければ。

「大丈夫か？　お前」

「動かすな、東《あずま》。今、救急車を呼ぶ。そのままにしておけ」

「愛《めぐむ》…」

偶然出会っただけの男たち、東　明《あきら》と鷹栖《たかす》愛に知り合わなければ、結城一真の人生は、ここで終わるはずだった。

七年前のこの日を振り返ることなど、二度とできなくなるはずだった。

＊＊＊

突然響いたドンという音に驚き、結城は双眸《そうぼう》を見開いた。

「っ、雷？　雨？」

咄嗟《とっさ》に窓のほうを見るも、閉じられたブラインドが目に付くだけで、外の様子を見ることは叶わない。だが、大きな雷の後には、すぐにザーという雨音がし、結城はその連鎖音で、外の天気を確信した。

これはけっこう降る――――今夜は土砂降りになるかもしれない。

「最悪だな。客足が鈍らないといいんだけど」

自然とぼやきながら、壁にかかった時計を見た。

「少し早いけど、ま…、いいか」

結城は、まだ鳴っていない目覚まし時計を手に取ると、セットを解いて起き上がる。

成熟した大人の男にしては、少し線が細い。けれど、頭の先から爪の先までじっくりと眺めても、彼はとても美しかった。青年時代の爽《さわ》やかさとどこか女性的な甘み、そして優しさ。結城は不思議なほど、全身からそれらを感じさせる男だった。

「はぁ〜。それにしても、すごい音だったな」

そんな彼が新宿《しんじゆく》歌舞伎町《かぶきちよう》のホストクラブに身を投じてから、早くも七年が経とうとしていた。

そのためか、完全に昼夜が逆転してしまっている結城の就寝は、大概昼近く。起床は出勤時間の二時間前、決まって午後五時半。季節を問わずにブラインドが下ろされた寝室で目を覚まし、ベッドを抜けたらシャワーを浴びることから一日をスタートさせるのが、ここ数年の習慣だ。

そしてこれを他人に言うと「案外ものぐさだな」と、笑われることも少なくないのだが、最初に足を踏み入れるバスルームには、シャンプーやリンス、洗顔石鹸やボディーソープの他に、歯ブラシと歯磨き粉が常備されている。

シャワーを浴びるときに、すべてを済ませてしまう横着さは、十代の頃に身についたもので、こればかりは三十になっても直らない。そもそも直そうという気にもなったことがないので、おそらくは一生このままだろうというものだった。

「あ、歯磨き粉が切れてた」

そのため、年に何度かは繰り返す失敗も。

「確か、買い置きがあったはずだよな。上の棚にしまった記憶が…っ！」

濡れた身体で脱衣所兼洗面所に出てしまい、うっかり裸体を鏡に映してしまう後悔も。

「――――…」

この習慣が改善されない限り、なくなることはない。これればかりは改善されたところで、どうにもならないかもしれないが、結城は自分の身体でありながら、久しぶりに目にした背中の一部に意識を奪われると、思わず双眸を開いた。

「…っはぁ。懲《こ》りないな、俺も。これじゃあ、なんのためにバスルームから鏡を外したのか、わからないよな」

店なら絶対に浮かべないような、苦笑が浮かぶ。

濡れた髪をかき上げながら、深い溜息が出る。

「若気の至りか」

鏡に映っているのは、そうでなくとも成人男性にしては華奢《きゃしゃ》な身体。白い肌が嫌味なく似合う、端正な美貌。だが、それ以上に鮮烈な印象を放っていたのは、その背に描かれてから何年経っても色褪《いろあ》せることのない、見事なまでの刺青《いれずみ》だった。

「盲愛のなせる業か」

合わせ鏡を使わない限り、または写真にでも撮らない限り、結城自身はその背に刻み込まれた絵画を完全な姿で見ることはない。

咲き乱れる血のような深紅の牡丹《ぼたん》も。

その花の中を、ゆっくりと歩いて向かってくるかのような美しい猛獣——虎《とら》も。

それがどれほど芸術的で、愛欲を誘《いざな》うものなのか、今の結城にはわからない。

むしろできることなら目を背《そむ》けたい、普段は忘れていたい、そう願っているだけに、この背は結城にとってはただの重荷、自分を死ぬまで捕らえ続ける枷《かせ》でしかないからだ。

ただ、これに関しては結城も、そろそろ考え方を変えなくてはいけないと思っていた。

「いや、そうじゃない。これはこれで俺が生きてきた証《あかし》だ。自分が信じて進んだ足跡だ。墨を入れたことに後悔はしていない。あの痛みに耐《た》えた自分も、これはこれで誇らしい。いい加減にふっ切らないと、一緒に生きてるこいつが可哀相だ。せめて俺が愛してやらなきゃ、寂しがる。そうでなくとも、もう…、こいつを愛してくれる奴なんて、現れないだろうし。ましてや、こいつごと俺を抱こうなんて奇特な男も、出てこないだろうからな」

苦い記憶を消す努力、忘れる努力、見て見ないふりをする努力をするぐらいなら、すべてを思い出に変える努力をするべきだろう。己の過去を今の自分の布石《ふせき》として受け入れ、今後に生かすことに最善を尽くすべきだろうと、幾度となく自身に言い聞かせていたのだ。

しかし、その都度に蘇《よみがえ》るのは、苦い以上に甘かったと思える記憶の数々だった。

〝来い、一真。抱いてやるから、俺にお前の背中を見せろ。お前の覚悟を俺に見せろ〟

どんなにすべてを見ているつもりでも、たった一人の男しか見えていなかった。

だが、結局はその男のすべてさえ、見えていなかった。

甘くて、狂おしくて、熱いばかりの記憶。

〝いつ見ても綺麗だ。勇ましいのに、艶《なま》めかしい姿。気高くも、甘え乞う目が、なんとも言えない。こいつはまるで、お前の化身だ。奮《ふる》い立つような気迫と色気を持ち合わせた、世界でたった一頭の、俺だけの美しい猛獣だ〟

もう二度とすることはないだろう――盲目的な恋。

〝愛してるぞ、一真。俺が愛してるのは、お前だけだ。本当に心を許しているのは、たった一人のお前だけ。俺は、お前のものだ〟

結城は、一度は死を選んだあの日の記憶同様、何年経っても忘れようのない男の声や囁きを思い起こすと、正直に反応する肉体を抱えて浴室に戻った。

『もう、あの人のような男は、現れない』

シャワーのコックを捻《ひね》ると、いつもよりお湯を熱めに設定し、火照《ほて》った身体をどうにかごまかそう、どうにか落ち着けようと試《こころ》みた。が、理性の利かない起きぬけの肉体に発した欲情は、シャワーでどうにかできるものではなかった。

「はぁ…」

かえって肉欲を煽るだけの刺激になってしまい、結城は膨らみ始めた欲望に、仕方なく両手を伸ばす。

「はぁ。なんだよ、もう。それにしたって、節操がないな、俺も…」

閉め切った浴室に、打ちつけるシャワーの音と、喘《あえ》ぐような愚痴だけが響き渡る。

「ん…」

自身を落ち着けることを諦めた両手は、ペニスの根元から先端までを丹念に扱《しご》き、体内に燻《くすぶ》る欲望を一気に搾り出そうと懸命だ。

「これだから、始末に悪いんだ。背中を見ると思い出す。最悪だ――――ぁっん」

肉体が高ぶりを増すと、その反動からか、足元の力が抜けてくる。結城はその場に座り込んでしまうと、浴槽のふちに華奢な身体を預けて、無我夢中で手淫に浸った。

『もう、一生誰も好きにならない。他人の身体に欲情したりしない。そう決めたのに』

両眼を瞑《つぶ》り、虐《いじ》めるようにペニスを扱き、ようやく訪れた絶頂に全神経を傾ける。

「んんっ!!」

強張り、火照った肉体が一際《ひときわ》ないた瞬間、結城の両手は白濁に塗《まみ》れた。

握り締めたペニスからは、溜まっていた欲望の大きさを知らしめるように、尚もほとばしる。

湧き起こる罪悪感と甘美な恍惚感は、自慰を覚えたときから、結城の胸を締めつけるものだ。

「あ――――っ。はぁ…っ」

一度で放てる欲望のすべてを出し切ってしまうと、結城は背筋から爪先《つまさき》までがジンジンと痺れるのを感じながら、大きな吐息を漏らした。

しかしそれだけでは満足できず、濡れた手の片方をペニスの裏へ、更には奥へと這わせて、小さな窄《すぼ》みを探り込んでいく。

『どうしてこんなに、他人の肌が恋しいんだろう』

弄《いじ》られ、まさぐられる快感を知っている後孔は、こんなときにはただ厄介《やっかい》だった。

抱かれることに慣らされ、持って生まれたはずの本能をも狂わされ、それを良しとしてしまった肉体は、誰より結城自身が持て余すものだ。

『温もりが、欲しくなるんだろう』

理性だけでは抑え切れない欲求は、結城をただの獣に戻し、指で秘所を探らせる。

固く閉じた後孔さえも突き広げ、中を、奥を、自らの手で激しく犯させる。

『自分じゃない誰かの声、指先、欲しい――――っん』

それでも結城は、これが快感だと思えるいっときはいいと思った。

全身全霊で絶頂へと上り詰めることしか考えていない、求めていないこんな一瞬だけは、それ以外のことがまったく考えられなくて、幸福だとも感じた。

「あ…っ」

ただ、そんな一瞬は、どこまでいっても一瞬だった。

どんなに長くともいっとき、ほんのわずかないっときでしかなかった。

「っ…んっ。はぁっ…。はぁっ」

結城は心地よく震える後孔から指を引き抜くと、満たされた肉体に反し、冷めていくばかりの感情からか、再び苦笑を浮かべた。

どんなにごまかしても、心が寂しいと悲鳴を上げる。誰かを愛したい、誰かに愛されたいという思いが肉欲以上に起こって、浮かべた苦笑さえ、すぐに自嘲的なものに変わっていく。

「まいったな、欲求不満かも。いっそ貯め込んだ金で、遊んでみようかな。運がよければいい男でも、いい女でも、当たるかもしれないし――――。どんなに運が悪くても、金だけ持ち逃げするような馬鹿には当たらないだろう。たとえこの背にビビって逃げる奴はいても、それ以上の被害をこっちが受けることはないだろうからな」

結城は思いつくままぼやくと、その場から立ち上がり、気だるくなっただけの身体にシャワーを浴び直した。

「うん。そうしよう。三十にもなって一人遊びなんて馬鹿馬鹿しい。そもそも歌舞伎町勤めのホストがすることじゃない」

今度は自分の心を慰めるように、軽い口調で言ってみた。

『なんて、そんなことができるなら、とっくにしてるか。そもそも人前にこの背を晒《さら》せるぐらいなら。そんな勇気があるなら』

あくまでも空元気、どこまでも空元気、虚しさを煽るばかりの慰めではあったが――――。

1

夕方から雨が降り始めたその日は、まだまだ梅雨《つゆ》明けしそうにない六月の終わりだった。

せめてカラリと晴れていれば、気分も変わる。二十分ほどの通勤電車の窓から外を眺める目にも多少の覇気がこもっただろうに、移動中に激しさを増すばかりの雨は、結城を憂鬱《ゆううつ》にした。

『これじゃいけない。早く気持ちを切り替えなきゃな』

――そんなことばかりを思わせる。

そうこうするうちに、ネオンが瞬《またた》く夜の街へ到着する。

「おはよう」

結城は勤め先である新宿歌舞伎町のホストクラブ・クラウンへと足を踏み入れた。

「おはようございます、結城さん」

「おはようございます」

挨拶《あいさつ》を交わしながら、スタッフ専用の裏口を抜けて、ロッカールームに直行する。だが、着替えを済ませてロッカールームから店内へ入ると、結城は鼻を突いた甘い香りにハッとした。

『ん？　この匂いは』

見れば店の出入口から奥までの至るところに、大小の生花やアレンジメントが並べられている。

そしてそれらには、すべて「祝」と「結城さんへ」の文字が綴《つづ》られたプレートが付いている。

『あ、しまった』

結城はこの瞬間、今日という日が年に一度の大イベント、特に自分にとってはクリスマスやニューイヤーよりも派手な催しが行われる日であったことを思い起こし、その場で足を止めた。

華々しいとはこのことだろうという店内を見渡すと、否応なしに気持ちが切り替わる。

「ハッピーバースデー、結城さん」

「おめでとう、結城」

「あ、結城。今夜は値が張る酒を目いっぱい仕入れてあるからな、バンバン売り上げてくれよ」

『やばっ』

一瞬前まで気落ちしていたことさえ忘れ、自らも開店準備に奔走《ほんそう》することになった。

「さ、そろそろ開店するぞ」

「はい」

そう、今日は結城にとって、三十一回目の誕生日だった。

「こんばんはー」

「いらっしゃいませ」

「二名様ですか？　本日は――――」

「当然予約してるわよ！　あ、おめでとう、結城!!」

「ハピ・バ!!　結城。お祝いに来たわよ」

クラブ勤めをしているホストなら、有無を言わせず主役を務めることが義務づけられる、特別な日だったのだ。

「はい、プレゼント。今夜は誕生日っていう名目があるんだから、ちゃんと受け取ってよ。これはあくまでも色恋抜き。純粋にお祝いしたいだけなんだから、突っ返すのはなしだからね」

「そうそう。いつもみたいに〝じゃあ、気持ちだけ〟なんて言って、恥をかかせないでね」

そのためか、開店と同時に訪れる客のほとんどが、結城の常連客だった。

客を出迎えるたびに結城の両手は、花束やプレゼントで塞《ふさ》がった。

「ありがとう。なら、お言葉に甘えて」

しかし、だからこそ浮かれてばかりはいられない。いつも以上に気を引き締めてかからなければならないのが、今日という日だった。

「じゃあ、今夜は盛大に飲もう！」

「当然席にはニューボトル、最初の乾杯はドンペリで。よろしくね！」

『はははは…。やっぱり、こうなるのか』

なぜなら、今夜のイベントがどれだけ盛大になるかによって、世間は主役を張るホストの実力を見る。人気を評価する。それが今後の仕事にもかかわってくることから、大概のホストは一人でも多く客を呼ぶことに力を入れる。一晩でどれだけ客が集められるか、お祝いという名目で、どこまで普段以上の売り上げが取れるかによって、自分の名前が他店にまで広がり、新たな客を呼ぶきっかけにもなるので、尚更力が入るのだ。

「それにしても、まだ九時前だっていうのに、ほぼ満席だなんて、すごいわね」

「そりゃ、今夜はクラウンの四天王の一人、結城の誕生日ですもの。普段は控えめなナンバーフォーに徹していても、オープンしたときから、一度としてナンバーファイブから落ちたことがない。年間売り上げでいったら、絶対にナンバーツーかスリーにはいるんだから、これぐらいは当然よ。あ、結城。ニューボトル追加して。今夜は奮発してリシャール入れるから」

「え、でも、まだコレ、中身が残ってるよ。飲んでからでもいいんじゃない？」

「いいの、いいの。今夜は先にリシャールなの。早く持ってきて♡」

「はい。わかりました。いつもありがとうございます」

――とはいえ、少しでも指名を増やしたい新人でもなければ、はなから名前を売ることにも興味がない結城にとって、こんなイベント日は通常の何倍もただ忙しいだけだった。

『リシャール・ヘネシーか。店値で二十五万だ。いつもの何倍も使わせちゃってるよ』

精神的に目まぐるしくなるだけの、重労働日だった。

「あ、あたしにはフルーツ」

「じゃあ、私はドンペリもう一本入れといて。どうせ後でお祝いのセレモニーのシャンパンタワーをやるんでしょ。それ用に使って」

「あたしもタワー用にドンペリ一本。今月だけは絶対に結城をナンバーワンにして、来月の入口写真は、一番大きく貼り出してもらうんだから、在庫切れなんて言ったら承知しないからね」

店内のノリや勢いで散財に走る客を落ち着かせ、決して無茶をさせないことに奔走するという、なんともまぁな状態になるだけで――。それなのに、結局は押さえ切れなくて、笑顔が固まるばかりだった。

『っ、いや。そんなにしてくれなくても、もう十分だって。だいたい誰が飲むんだよ、そんなに。みんなで飲むにしたって、一晩じゃ限界があるだろうよ』

こんなにしてもらっても、自分には特別なことはできない。

普段と同じようにしか接客できないし、ふるまえない。

なのに、年に一度とはいえ、どうしてこうなのか？

結城はオーダーが入れば入るほど、笑顔が固まるどころか、頬が引き攣《つ》ってくる。

『特に、余ったらもったいないじゃないか、シャンパンは。次に持ち越しもできないのに、飲み切れなかったら、捨てる羽目になる。ドンペリなんか、一番手軽なやつでも、店値で五万だぞ、五万。栓を抜いたら五万がパァなの、わかってるのかな？』

嬉しいよりも、もったいない。みんな、財布の中身は大丈夫なのかと、ついつい仕事を忘れて心配になってくる。

どうやら結城にとって、ホストという仕事は、天職というわけではなさそうだ。

「すみません。五番、六番テーブルに、タワー用のドンペリ入りました。あと、八番テーブルにフルーツの盛り合わせ。七番にはリシャール・ヘネシー一本」

他の者なら嬉々として発しそうな高額オーダーにもかかわらず、どんどん声が小さくなっていく。

「OK…って、結城。店でそんな顔するな。みんなお前の常連客だぞ。お前の性格はわかってる。どんなにノリでオーダーしてみせても、腹の底ではきちんと計算している夜の賢い女たちばっかりなんだから、今夜ぐらいは笑顔でありがとうって言っておけ。気持ちよく貢がれて、素直に喜んで、今度はその笑顔で相手を悦ばせるのも、俺たちの大事な仕事だぞ」

すると、現在入院中のクラブオーナー・薬王寺東明《やくおうじはるあき》、通称・東《あずま》明《あきら》に代わって店を仕切る最年長の孝信《たかのぶ》が、カウンターの中から声をかけてきた。

「孝信さん」

「それに、今夜はあんまりウロチョロするな。主役なんだから、座ってろ」

結城より五歳上のナンバースリーも、今夜ばかりは裏方に徹している。

オーダーされたうちのコニャック・ボトルをカウンター上に置きながら、しょうがないないという顔で、結城に檄《げき》を飛ばす。

「そうだそうだ。オーダーなんか、下に受けさせせろ。お前が自分から動いたら、手持ち無沙汰なぺーぺーの仕事がなくなるだろう。示しもつかないから、座ってろって」

と、孝信のお小言に便乗したのは、結城と同い年のナンバーワン・湊《みなと》だった。

「湊、でも」

「とにかく、座っててくださいって。結城さんは一番の古株なんですから、もう少し偉そうにしててくれないと、俺たちだって困るんですよ」

とどめだと言わんばかりに口を添えたのは、ナンバーツー・瑛《ひで》。だが、八つも年下の彼にまで言われると、さすがに結城も頰を膨らませた。

「古株って…。お前まで言うか？」

倍になって返ってくるのを承知で、瑛に切り返した。

「今日ばかりは言いますよ。だから、後は俺達で全部仕切りますから、結城さんは各テーブルに、挨拶回りだけしててください」

「そうそう。どうせ今夜は、お前の客からの予約だけで満席が確定してるんだ。俺たちを含めて、従業員全員がお前のヘルプになるしかないんだからさ」

案の定、倍になって返ってきた。

結城は自分よりも長身な瑛と湊に挟まれ、ニヤニヤされると、艶《つや》やかな唇を尖らせる。

「――――もう。わかったよ。席に着くよ。ただし、どんなに手荒い使い方しても、後からクレームはなしだからな。明日になって、トップスリーの座を振りかざして因縁つけたら、自慢のマスクに噛み付くからな」

カウンターに用意されたボトルを瑛に渡すと、自分は手ぶらで席に戻ることを示し、それ持ってついてこいと目で合図する。が、こんなふうに少し不貞腐《ふてくさ》れたときの顔のほうが、結城は普段の数倍色気が増した。

「わかりました。了解です」

艶っぽいのに、どこか可愛い。そんな結城の表情を見ると、瑛は普段ならほとんど持たないボトルを手にして、満足そうに笑う。

「どの道、今月のトップは今晩の売り上げだけで、お前に確定だからな。来月ひと月は逆らえないんだから、因縁をつけるのは、せいぜいトップを奪い返した八月にするよ」

湊は尚も絡み続けたが、それでもカウンターにフルーツの盛り合わせが出てくると、それを手にして、今夜はヘルプに徹していることを示した。現在ナンバーワンの彼までもが、あえてそれをするのは、今夜の主役を盛り立てるため、結城をいっそう引き立たせるための演出だ。

「って!! 因縁つける気満々だし」

見ているだけでわかるクラウン内の上下関係、決してナンバーとは比例していない力関係に、カウンター席で飲んでいた客たちは、今にも噴き出しそうだった。

『こいつら絶対に、俺で遊んでるよな』

気配を察してか、結城は客にまで笑われないうちに、さっさとフロアに足を向けた。

「すみません、よろしいですか」

一人の新人スタッフが、話の区切りを待っていたかのように、声をかけてきた。

「どうした?」

「今、結城さんのお友達だという方と、オーナーのお知り合いだという方が一緒にお見えになったんですが…。予約がなかったので、フロアに席がないんです。で、お帰りになろうとしたので、お引き留めしているんですが、VIPルームにお通ししてもいいんですか? それとも、他のお客様とのご相席をお願いしますか?」

「俺の友達に、オーナーの知り合いって、浅香《あさか》と聖人《まさと》さんか?」

結城はすぐに来店したのが誰なのかを察した。

「聖人さんって…馬鹿。その方はオーナーの主治医、東都《とうと》医大の和泉《いずみ》先生じゃないか。何が相席だ。そんな失礼なことができるかよ」

瑛もすぐにピンとくる。

「では、お部屋をご用意していいんですね？　他にもご同伴されてる方がいらっしゃいますし」

「同伴？」

「はい。確か、黒河様《くろかわ》とおっしゃる方が」

「黒河先生まで!?　だったら尚更ＶＩＰだ。二番ルームに今すぐテーブルセットしろ」

どうやらよくわかっていなかったのは新人ホストだけらしく、結城は出てきた名前を聞くなり、即決した。メインフロアからは仕切って作られた四つのゲストルームのうちの一つに、彼らの席を用意するように指示を出した。

「いや、待て。もう遅い。あれを見ろ、結城」

と、そんな結城を湊が止めた。

「え？」

「ほら、入口近くのボックス席。ヘルプたちがものの見事に追い払われて、代わりに医者とは思えないぐらいの色男三人が座ってる。しかも思いがけない棚ぼただったんだろうな、お客は大喜びだ。今すぐ席を変えるって言ったら、きっとブーイングが起こるぞ。多少、間を置かないと、せっかくの盛り上がりに水を差すことになる」

言われるままに視線をやると、その先には、確かにここのスタッフだ、それも五本の指に入るホストたちだと言っても過言ではない男三人が、女性客たちと相席をしていた。

「えー、皆さん大学病院にお勤めなんですか？　すごーい。白衣似合いそう」

「お仕事帰りだなんて、お疲れ様。やっぱり病院って、忙しいんでしょう」

「うん。けっこうね」

「でも、君たちの顔見たら、疲れなんかふっとんだかな。逆に、仕事に戻って診察したくなってきたかも。ここで君たちに聴診器が向けられないのが、すごーく残念だ」

「いやーん。和泉先生って、けっこう言う。素敵♡」

「私、先生たちになら、ここでもOK。診《み》てほしいな～」

「いいのか、そんなこと言って。俺たち全員産婦人科医だぞ。診るとこ違うぞ。どこでも気にせず、がっぱり足開かせるぞ」

「やん、うそ」

「黒河先生のエッチ！」

「はははは」

あっという間に場を盛り上げ、結城や追い立てられたヘルプたちを啞然とさせた。

『産婦人科って…黒河先生、外科部のエースでしょうに。しかもそこで、普通に盛り上がっていていいのか？　浅香。聖人さん共々女はべらして、二人はカップルなんじゃないのか？』

今夜は本当に、いろんな意味で眩暈《めまい》がしそうだった。

「それよりみんなで乾杯しない？　ドンペリでいい？　あ、瑛。こっちにドンペリ二本持ってきて。先生たちのグラスもお願い」

「結城、後でこっちにも来てね。それまで、お友達の先生たちは、人質だからね！」

結城はますます笑えなくなってくる。

「俺、ドンペリの在庫、確認しときますね」

瑛は苦笑しつつも、カウンターに戻った。

『あ…。あーあ』

やれやれと言うべきか、なんと言うべきか。結城は勢いばかりが増していく店内に立ち尽くすと、しばらくその場で頭を抱えてしまった。

そして、まだまだ夜は始まったばかりだというのに、出勤前とは違う理由で肩を落とすことになった。


立ち話ではあったが、結城がトイレを理由に席を離れた浅香と話ができたのは、九時半を回った頃だった。

店内は時間と共に、更にヒートアップ。そろそろバースデー・セレモニーが行われる時間も近づいたからか、どこのテーブルでも、話題はそれに集中していた。

フロアの角に置かれたグランドピアノの前には、大型テーブルがセットされ、そこには高々と積み上げられたシャンパングラスのピラミッドが、キラキラとしながら聳《そび》えている。

その脇には、タワー用にとプレゼントオーダーされた高級シャンパン、冷えたドンペリニヨンが何十本と並び、その豪華さは見ているだけでも圧倒されるものがあった。

「それにしても、すごいときに来ちゃったな。こんなの初めて見るよ」

頭上に煌《きら》めくシャンデリアさえ霞みそうな絢爛《けんらん》さに、浅香は思わず目を細めて、眩《まぶ》しそうにした。

「ごめんな、浅香。こんな騒ぎになってて。来るって知ってたら、先に伝えておいたのに。タイミングを計って、VIPに席を移すから、もう少しだけ我慢してくれよな。メインフロアからは仕切られちゃうけど、こっちの様子は窺《うかが》えるし。そのほうが絶対に落ち着いて飲めるからさ」

「VIP？　いいよ、別にこのままで。座れる場所がないわけじゃないし。それに俺からすれば、見たこともないようなお祭り騒ぎが、じかに見続けられるほうが楽しいしさ」

結城はひたすら申し訳なさそうに頭を下げるが、浅香のテンションは上がっていく一方、かなり興奮気味だ。

「でも、お前はそう言ってくれるかもしれないけど、聖人さんや黒河先生はそういうわけにいかないだろう？　せっかく仕事帰りに寄ってくれたのに、今のままじゃ、疲れが増すだけだ」

「平気、平気。そもそも疲れてたら、真っ直《ます》ぐ家に帰るって。それに、なんだかんだいって、こういうのが好きなのは、俺以上だぜ。あの二人」

「そうかな？」

と、戸惑い続ける結城の背後に、ヘルプの一人が近づいた。

「すみません、結城さん。今、こちらのお連れ様からお祝いにと、別口でニューボトルとドンペリが入りました。あと、これ。人間ドックの無料招待券だそうです。これを見せれば大丈夫だからって、名刺に一筆くださいました」

「え!?」

そんなプレゼントありなのか？

啞然としている結城に、浅香は「だから言っただろう」と笑った。

「けっこうお祭り好きなんだって、あの二人は。あ、でもそのドックの無料券は、辞退しとけ。聖人にしても黒河先生にしても、医師としては立派だが、雄としては問題ありだからな。お前みたいな美人がただの健康診断で来たら、どこに連れ込まれて、なんの検査をされるか、わかったもんじゃない。特に黒河先生に関しては、アソコにエコーかけられちゃうって噂もあるしな」

類は友を呼ぶのか、浅香も結城に引けを取らないビジュアルの持ち主だった。

気性は結城に比べると数段荒く、どちらかといえば物怖《ものお》じせずになんでも口にする女王様的なタイプだが、誰にでも気さくで取っつきやすいところは、結城とよく似ている。

小・中の同級生である二人の会話は、こうしてみると昔も今も大差がない。が、そんな浅香が相手だというのに、結城の表情はなかなか晴れることがなかった。

「――……おいおい、浅香。聖人さんは、お前の恋人だろう。それに黒河先生にだって、一緒に住んでる恋人がいるじゃないか」

ときおり視線を入口近くのボックス席へとやるが、先ほどから状況がまったく変わっていないことが気がかりだったのだ。

今も聖人や黒河は、女性客たちと大盛り上がりだった。

特に、男三人のうちの二人がカップルだとは思ってもいないのだろう女性客は、なんの遠慮もなく聖人にもベッタリで、他愛もない話ではしゃぎながら、腕を組んだりもしている。

「それはそれで、これはこれなんだよ。でなきゃ、店に着いた早々、目が合っただけの彼女たちから、相席に誘われるはずがないだろう。着いたとたんに、客だか従業員だかわからないような状態になんか、なってるわけないじゃないか」

「あ、まあ…な」

結城は相槌《あいづち》を打ちながらも、ハラハラとし続けていた。

恋人への信頼があるから、他人には平然としてみせているのだろうが、それでも本心はどうだろうか？

遊興の席であっても、多少の嫉妬はするよな？

少なくとも、恋人がモテるのは自慢になるが、だからといって、それを見せつけられるのは別だろう。

これは過去の恋愛において、結城自身にも覚えがある。そう思うと、浅香が自分や場に気を遣って、我慢しているんじゃないか――そんな気がして、心配だったのだ。

だが、そんな結城を尻目に、浅香は上着のポケットから携帯電話を取り出した。

「それに、さすがに全裸で絡むような浮気はしないだろうけど、あの二人のサービス精神は生まれつきだよ。女だろうが男だろうが来るものは拒まず、ああして笑顔で対応しちゃうのは、もはや性格以前に習癖《しゅうへき》だ。ましてや相手がそこそこ好みなら、無意識に瞬殺《しゅんさつ》しにかかるからな。あなったら、救急車のサイレンでも聞かない限り、今夜の二人はとどまることを知らないね」

盛り上がる彼らに携帯カメラを向けると、その様子を写真にパシャリと納める。

「それでも、サイレンを聞けば止まるんだ。さすがだな。で、それは？」

「黒河先生のラヴァに送ってやるんだ。一応、帰ったらお仕置きしてもらおうと思って。勝手に産婦人科医にされた腹いせに、今夜のご乱行をチクってやるんだ」

浅香は悪戯《いたずら》っぽい目でニヤリと笑ったが、写真を撮られたことを気配で察したのか、聖人がこちらを向いてきた。

どうやら、浅香はともかく聖人のほうは、それとなくこちらが気になっているようだ。

よくよく考えれば、男同士のカップルだ。女性とはしゃぐより、こうして親しげに男と一緒にいるほうが、気になるのかもしれない。

「じゃあ、聖人さんのことは、お前がお仕置きするのかよ」

結城は聖人の視線を気にかけつつも、浅香のほうに意識を戻した。

「まさか。俺はモテない男には、そもそも興味がないから、気にしないよ。こういう場で話題の一つも作れない、色気の一つも振りまけないような男となんか、初めから付き合わないし」

浅香は携帯を片手に、さっそくメールを打ちこんでいる。

「本当か？　ずいぶん寛容だな。でも、向こうはそうは思ってないんじゃないのか？　もしかしたら、後で責められるかな〜って、心配と期待の両方してるんじゃないのか？」

「ないない。そういうタイプじゃないよ。俺が気にしないのは、わかってるし」

結城は「ふーん…。そう」と答えながらも、さりげなく身体を寄せていった。

「なら、逆は？」

「逆？」

「そう。もしかしたら、今夜はいくらなんでも、はしゃぎすぎだって、お前のほうが怒られるかもしれないじゃん。俺というものがありながら、女にデレデレしやがって――――とか。もしくは、モテモテの俺に、嫉妬ぐらいしろよって」

その耳元に唇を寄せて、小声で言った。

「え？　ないない。聖人がやきもち焼くのなんか、黒河先生だけだって。申し訳ないけど、俺が医師として心酔してるのは、黒河先生のほうだから。まあ、これぱっかりは出会いの順番ってやつだけど――――。でも、だからって、それでもやきもちまでいくかどうかは、わからないしな。なんせ本人も、結局医師としての黒河先生には、心酔してるから」

「お前、それって油断しすぎじゃない？　ってか、本気で言ってるんだとしたら、聖人さんが可哀相だぞ」

外耳にかかる吐息が、言葉と共に唇に向けられる。

「ちょっ、結城っ？　何…っ」

気がつけばキスをしそうな距離まで顔を覗《のぞ》きこまれて、ようやく浅香が焦《あせ》った顔をした。

「――――おい、何してんだ」

と、二人を引き離すように、突然聖人が浅香の腕を摑んだ。

「こいつは俺のものだ。わかってんだろう」

結城が相手だというのに、聖人は本気で威嚇《いかく》してきた。

「聖人」

浅香の焦った顔が、驚きに変わる。だが、その目はどこか嬉しそうで、照れくさそうだ。

「ほら見ろ。聖人さんはちゃんと嫉妬するじゃないか。お前も少しは気を遣えよ」

これみよがしに、結城は言った。

「え？」

「よかったな、浅香。こんなに愛されてて♡　ってことだよ。あ〜、羨《うらや》ましい」

茶化すように笑ってみせたが、口から出た言葉は本心だった。

今がどれほど幸せなのか、おそらく浅香は意識していない。それが普通で、当たり前になってしまっているほど、聖人とは上手くいっているのだろう。

けれど、だからこそ結城は、浅香に意識させたかった。当たり前が油断にならないように、普通が幸せだと感謝できるように、浅香には常に心に留めておいてほしかったし、ずっとこのまま幸せでいてほしかったからこそ、あえてこんなことを仕掛けてみたのだ。

「ゆっ、結城!!　もう、なんだよ、人をからかいやがって。ってか、お前もこんな悪戯に乗せられてるんじゃねぇよ！　結城が俺に本気でキスなんかするわけないだろう？　恥ずかしい勘違いしやがって、放せって!!」

浅香は結城の意図を知ると、真っ赤になって、聖人の腕を振り払った。

「純《じゅん》…っ」

「照れるなよ、浅香。本当は聖人さんが邪魔してくれて、嬉しかったくせに。ここで素直に喜んでおかないと、お前のほうが帰ってからお仕置きされちゃうぞ。ねぇ、聖人さん」

「——まあな」

聖人は聖人で、照れくさそうに笑ってみせる。

「なんだよ、二人して。結城！　お前こそ、いつからそんな意地悪になったんだよ」

「一分ぐらい前からかな。あまりに浅香が幸せに胡坐《あぐら》をかいてるように見えたから、ついね♡」

多少はお祝い返しができただろうか？

結城は聖人にもらった無料券代わりの名刺を手に、やっと笑顔を浮かべることができた。

「何がついだよ。もう!!」

「——すみません。お話し中のところ申し訳ありませんが、よろしいですか？」

しかし、今夜はこんな中断が何度となく入る。

結城は背後から声をかけられ、振り返った。

「何？」

「鷹栖さまからお電話です。あと、今夜はどうしても仕事で抜けられないので、お祝い代わりにと、ドンペリ・ゴールドをダースで入れていただきました」

ヘルプから出された名前に、結城だけではなく、浅香や聖人もハッとして顔を見合わせる。

「鷹栖さまから？　わかった」

「結城？」

「ちょっと待ってて、電話に出てくるから」

「ああ」

結城はすぐさまその場を離れ、店内の電話ボックスへ向かった。

「どうした？　何かあったのか」

さすがにいつまで経っても席に戻ってこない二人を気にかけてか、黒河が声をかけにくる。

「あ、黒河」

「黒河先生。今、鷹栖社長から電話が入ったようです。お誕生日のお祝いみたいですけど」

「――――そうか」

浅香から一人の男の名前を聞かされると、黒河も二人同様ハッとした。

『鷹栖さま』

結城はそんな男たちから心配そうな視線を向けられ、電話ボックスに入っていった。

「もしもし。お電話代わりました。結城です」

受話器を手にすると、結城は高鳴る胸の鼓動を抑えて、第一声を放った。

〝あ、結城くん。お誕生日おめでとう。本当は少しでも顔を出しに行きたいな…って思ってたんだけどさ、全然時間が取れなくて。大したお祝いでもないけど、シャンパン突っ込んだから、みんなで乾杯して〟

受話器の向こうから聞こえてきたのは、このクラブの常連客・鷹栖愛の声だった。

「そんな…、鷹栖さま。お電話をいただけただけでも、十分でしたのに。本当に、いつもお気遣いいただいて、すみません」

〝何言ってんの、水臭いな。それより東がいなくて大変だろうけど、店…、頑張って。みんなで守っていって――――って、俺が言える立場じゃないのは、わかってるんだけどさ〟

その口調はとても軽やかだが、言葉の端々に気遣いが感じられた。

心地よく響いていたはずの声は、東の名前が出たと同時にトーンダウンした。

「鷹栖さま…」

〝ごめん――――、本当に、ごめんね。俺がもっと早く自分の気持ちに気づいていれば、東が一番好きだって気づいていれば、こんなことにはなってなかったかもしれないのに。本当にごめん〟

結城は鷹栖からの謝罪を耳にすると、胸が痛くなった。

罪悪感と切なさばかりが湧き起こり、静かに奥歯を噛み締めた。

「いえ、そんなことはありません。謝らないでください。鷹栖さまは、何一つ悪くありません。悪いのは、オーナーです」

それでも、意を決したように、話を続けた。

「本当に、困ったオーナーですよね。勝手に鷹栖さまの思いを決めつけて、自分が告白してもふられるって早とちりして、それが怖くて旅に出ちゃうなんて、情けないったらないです。一人の男としても、ホストとしても」

〝結城くん〟

「でも、いずれは戻ってきますから。必ず男を磨いて、これまで以上にホストとしての自信もつけて、このクラブ・クラウンに。いえ、鷹栖さまの前に戻ってきますから、そしたらうんと苛《いじ》めてやってください。それこそ俺たちの分まで、鷹栖さまからきつ〜くお仕置きしてやってくださいよ。お願いします」

決して、鷹栖の思い人である東が現在入院中である、それも生死をかけた急性骨髄性白血病と闘い中であることだけは悟られないように、結城は東が鷹栖に対して仕掛けた自作自演の芝居の片棒を担《かつ》ぎ続けた。

「オーナーにそれができるのは、鷹栖さましかいないんです。今も、昔も、そしてこれからも」

〝結城くん。そうだね。わかった。なら、戻ってきたら、必ず俺が怒ってやる。お仕置きでもなんでもしてやるから。だから、東の店を頼むね。クラウンは、東が築いた城だから。ずっと守り続けてきた城だから。東が必ず帰る場所だから〟

「はい。任せてください。必ず死守します。スタッフ全員がそのつもりです。なので、売り上げも落としません。ですから、お時間ができたときには、鷹栖さまもぜひ協力しにきてくださいね」

東が倒れたときから、そしてそれを隠すためとはいえ鷹栖に嘘をついたときから、これは結城だけではなく店内のスタッフ全員が、一丸となってつき続けている嘘だった。

鷹栖を知り、また東を知る友人たちも、この件に関してだけは、一致団結して共犯者でい続けている。

〝わかってるよ。じゃあ、今夜は本当に申し訳ないんだけど、鬼畜《きちく》な秘書が仕事を用意して待ってるから〟

「はい。では、鬼畜な秘書の野上《のがみ》さんにも、どうかよろしくお伝えください。あ、今夜はお電話とお祝い、本当にありがとうございました。それでは」

それこそ東を受け入れている病院側の聖人や浅香、黒河にしても、鷹栖の秘書を務める男、野上にしても。真実を知るすべての者が、東が回復し、鷹栖の前に姿を見せられるようになるまでは、東がもっとも大事にしている鷹栖をこうして懸命に守り続けている。

『鷹栖さま。すみません。本当のことが言えなくて』

それでも結城は、受話器を置きながらも、もしも自分が鷹栖の立場だったら、絶対に本当のことが知りたいだろうな――――と思っていた。

ホストと常連客として付き合い、気がつけば九年。どうしてそんなに続いたのか、ようやく気づいたところで、相手が消えた。

もしかしたら永遠に消えてしまうかもしれないという可能性さえあるのに、それさえ知らずに思いがすれ違ったままというのは、どうだろうか？

それならすべてを知った上で受け止め、一秒足りとも離れずに一緒に回復を願いたい。すべてを投げ売っても傍にいたいというのが、人情ではないだろうか？　と。

『みんなで寄ってたかって、あなたを騙すようなことになってしまって』

けれど、その反面。結城はもしも自分が東の立場だったら、やはりこうして隠し続けることを選んでいるんだろうな――――とも感じていた。

なぜなら鷹栖は、現在大手の医療機器メーカー・NASCITA《ナシタ》の社長という重責を背負う立場である以上に、昔から大切な人に限って死別してしまうという苦い経験をしてきた。

そのため、誰かを特別だと思うこと、愛することには昔から臆病なところがあり、東との関係も、ずっと遊びと割り切っていた。決してそれ以上の関係は求めなかったし、相手からも欲しようとはしなかった。

なのに、それを超えてようやく愛していると認めた相手に、愛されていると知った相手に逝《い》かれてしまったら、どれほどショックを受けるだろう？

深く傷つくだろう？

それだけではない、もう二度と誰も好きになれないかもしれない。好きになること、愛することそのものを恐れて、一生他人からは目を背けて生きることになってしまうかもしれない。そう思うと、結城は東がそのことをもっとも危惧してついた嘘に、同意しないわけにはいかなかった。

こんな病《やまい》で死ぬつもりはないし、鷹栖を手放すつもりもない。

だが、どうにもならなかったときのことまで考えて、東は別れを決めた。

回復しての再会を望みながら、でも、それが叶わずとも最後に鷹栖が幸せでさえあれば、相手が自分でなくてもいいんだと言って、鷹栖には本当のことは知らせずに姿を消して、闘病生活に入ったのだから。

『本当に、本当にごめんなさい』

結城は、切れた電話を眺めながら、しばらく頭を下げ続けた。

そして自分の気持ちが落ち着いてから、電話ボックスの扉を開いた。

「結城」

待ちかねていたように、孝信が声をかけてくる。

「ほら、ゴールド」

手には鷹栖からプレゼントされたドンペリ・ゴールド。通常「ピンク」と呼ばれるドンペリニヨンの更に上をいくクラスのドンペリニヨン・レゼルヴ・ド・ラベイを持っている。

ゴールドはピンクよりも高価なだけではなく、店頭にはあまり出回っていない希少な酒で、通常メニューには載せていないものだ。

「孝信さん」

東が好んで飲むことから、年に何度かは取り寄せていたが、店でこれを口にするのは、東とグラスを合わせる鷹栖の二人だけ。他の者は在庫があることがわかっていても、一度として客にオーダーさせたことがない、特別な酒だ。

「大丈夫。オーナーは絶対に回復するよ。術後の経過だって良好なはずだ。でなきゃ和泉先生が、大事な友人の傍を離れるはずない。そうでなくとも俺たち以上に気が気じゃない思いをしているはずなんだから。いつも傍で診ているからこそ」

「――――ですね」

結城は、こんな秘話があるとも知らずに、あえてこの酒をオーダーしたのだろう鷹栖のことを思うと、今からでも電話をかけ直して、真実を告白したくなった。

七年前、たった一人の常連客のために、東が作ったのがこの店だ。

付き合い始めて二年の歳月を過ごしたのち、どんなときでも鷹栖の指名を優先したくて、自分を求めてきたときの鷹栖を逃がしたくなくて、それまで勤めていた高級クラブを辞めて立ち上げたのが、このクラブ・クラウンだ。東がこの界隈《かいわい》でも五指に入ると言われていたプレイヤーから一転、カウンター内での管理職を主にしたオーナー兼マネージャーになったのは、ただそれだけのためだったんだと、伝えたくなった。

「さ、わかったら笑え。せっかくのお祝いだ。今夜はコレで乾杯させてもらおうぜ」

「はい」

もっとも、そんなことを結城が言わずとも、今の鷹栖なら、どんなに自分が愛されていたのか、気づいているだろう。愛しすぎてしまったから、ホストとして傍にいるのが辛くなった、だから客に徹していた鷹栖の前から東は消えた。そう、信じ込まされている鷹栖には、今ここに東がいないことこそが、最大の愛の証だ。

ある日突然ひょっこりと帰ってくる、そんなときを待つための力の源なのだから。

「結城、鷹栖社長から電話って?」

「大丈夫。バレてない。さ、乾杯の時間だって」

結城は心配そうに話しかけてきた浅香にウインクをすると、店の奥からワゴンで運ばれてきたシャンパンに視線をやった。

「うわっ、嘘!! ドンペリのゴールドよ。ピンクじゃなくてゴールド」

「すごい。箱入りをダースで見るなんて、初めてかも。まさかあれをタワーに使うの!?」

思いがけないボトルの登場に、それを見た客たちからも、歓喜の声が上がり始める。

「情報、情報。あのゴールド、どうやら愛さんかららしいわよ」

「愛さん？ オーナーのお得意様の？ じゃあ、この日のために、取り寄せたのかな？」

こんなときの情報は、いつにもまして回るのが早い。

「きっと、お留守番してる結城やみんなに、激励のつもりかもね」

「東オーナーも、唐突な人だからね。いきなり行くか？ 語学留学!! ビックリだよ」

それでも東が倒れてひと月半、彼が病に倒れたことが一切客に漏れていないのは、スタッフたちの口の堅さが窺い知れるところだった。

これこそが東が店で重んじたこと。鷹栖を始めとする客たちが信頼を寄せて通い続ける所以《ゆえん》であり、夜の街に君臨し続ける王者の城の鉄則が、死守されている証でもあった。

「けど、そういう理由なら私たちも、遠慮なくゴールドにあやかれると思わない？」

「思う、思う！」

口々に噂話をしながらも、席を離れた客たちが、シャンパングラスのタワーに集《つど》い始めた。

「最高級にして、最上級のシャンパンタワー。結城、今夜は伝説つくっちゃうかも。一晩での売り上げ記録とか、超豪華な乾杯セレモニーとか」

「言えてる。なんていっても、ゴールドだもん」

スタッフの手により、箱から出されたシャンパンの封が解かれ、次々とコルクを固定していた金具が外されていく。

「あ、そろそろね。ケーキが出てきた」

「明かりが落ち始めたし、じきにバースデーソングが流れるわね」

「ロウソクが吹き消されると同時に、おめでとうコールとシャンパンの抜栓か」

「その後には、冷えたゴールドが、タワーの頂上から注がれて。楽しみ♡」

一人一本、十二人のスタッフたちによってシャンパンの抜栓準備が整うと、湊が代表してマイクを持った。

恥ずかしそうに主役を演じる結城を横に置くと、周囲を一とおり見渡してから、一笑する。

「それでは、みなさま。本日はご来店、誠にありがとうございます。みなさまもご存知かと思いますが、本日は当店のスタッフ・結城の誕生日――」

だが、湊のマイクパフォーマンスに重なるように、入口の扉が開いたのはこのときだった。

カランカランと、扉にセットされていたベルが、心地よい音を立てる。

「いらっしゃいませ」

「東　明の店は、ここでいいんだよな？」

慌てて対応に当たったスタッフにそう訊ねたのは、上質なダブルのスーツが映える、一人の男だった。

「はい。さようでございます」

「なら、ちょっと入らせてもらうぞ」

男は静まり返った店内の様子を気にも留めず、そのまま奥へ入ってきた。

「お客様。本日はご予約のお客様で満席となっております。大変申し訳ございませんが…」

客として来たとは思えない男を、スタッフが止める。

「気にするな。席はいらない。別に俺は客じゃない」

「ですが」

スタッフを無視して、男がゆっくりと結城たちのほうへ近づいてくる。

『誰だ、あの男。やけに迫力あるな』

その男の姿を見ると、結城は息を呑んだ。

正直に言ってしまえば、長身でハンサムな男なら、この街にも店にも溢れている。

ルックスのよさだけで生き残れる世界ではないが、それでもルックスのよさは最大の武器だ。

それを持って挑んでくる男たちが圧倒的に多い世界だけに、ここに通う者なら、多少のことでは驚かない。こんなにふうに息を呑んで、見つめたりもしない。

けれど、ハンサムだと思うと同時に、他人にここまで硬派で知的な印象を与えられる男は、そうお目にかかれないなと、結城は思った。

見たところ三十代前半。後半にはいってない。

全身から漲《みなぎ》る重厚感と落ち着きは、生まれ持った品のせいだろうか？

それとも育ち、何かの肩書のため？

結城は男をジッと見つめた。

『でも、なんだろう？　誰かに似てる気がする』

ひっかかりを覚えながらも、視線を逸《そ》らさず、意識を集中した。

「――お客様！」

スタッフが食い下がる。

「いいから、構うな。ちょっと店の様子を見にきただけだ」

男は淡々と答えるだけで、顔色一つ変えない。

「店の様子？」

「ああ。すぐに買い手がつきそうかどうか、確かめにきたんだ。早く処分したいからな」

「買い手？」

「処分!?」

男の言葉に、店内がざわめいた。

聞き捨てならない台詞《せりふ》を耳にすると、結城は自分を囲む客の中へ突進した。

「あ、結城！」

「結城!!」

湊や浅香が止めたときには、動揺する客やスタッフを押し分け、男の前に歩み寄っていた。

「ちょっと、失礼」

どんなに不貞腐れても、本気で悪感情など表に出したことなどなかった結城の声が怒気を含んでいた。

「ん？　なんだ、お前は」

「すみません。今のお話は、どういうことなんですか？　いきなり他人の店に入ってきて、失礼にもほどがあるでしょう」

必要最低限の体面は保っているが、それでも自然と柳眉が吊り上がってくるのは抑えられない。その目はまるで背中に生きる猛獣のように、静かに、だが確実に相手の男を捕らえていく。

「失礼って…。別にここは東　明。薬王寺東明の店なんだろう？　ということは、俺の身内の持ち物だ。別に他人の持ち物をどうこうしようってわけじゃないんだから、構わないだろう」

しかし男は、そんな結城に対して、驚くばかりの返事を寄こした。

真っ向から結城の視線を捕らえると、背筋がゾクリとするような冷笑を浮かべてきた。

「身内？　じゃあ、オーナーの…？」

似ている――――やはり彼は、結城の知る誰かに似ていると思わせる男だった。

「ああ。俺は薬王寺稔明《としあき》。薬王寺東明の弟だ」

「東オーナーの…、弟…さん？」

「そう。一応な」

だが、それもそのはずだった。

男は、東の弟だった。

それも相手を威圧するときに限って、背筋が凍《こお》るような冷笑を浮かべる東と同じ目、同じ血、同じオーラを持った、薬王寺東明の弟だったのだから――。

2

新宿界隈でも名の知れたホスト・東は、長身でハンサムなのは当然としても、それ以上に教養深くてセンスがよく、大概のことならスマートにこなす器用な男だった。

特に気の利いたトークと甘い笑顔が魅力的で、東は結城たちスタッフにとっても自慢のオーナーであり、またこの世界で成功を収めた先駆者でもあった。

ただ、軟派か硬派かと聞かれれば、誰もが「彼は軟派だ」と答える、夜の街が似合いの男だったし。東自身がそれを武器として、取っつきやすさとして売りにしていたところがあったので、ここまで正反対な印象を与える薬王寺稔明を、一見で彼の身内だと思う者は、なかなかいないだろうと結城は思った。

そうでなくとも、一目で兄弟だとわかるほど、顔が似ているわけでもない。

骨格にしても東に比べ、薬王寺のほうが骨太なのか、大柄に見える。

いかにも筋骨隆々というわけではなさそうだが、それでもスーツの上から見てわかるほど、薬王寺の肉体は頑丈だ。武道でもやっているのか、姿勢もいい。仕事柄、東や結城たちも姿勢はいいほうだったが、薬王寺の背筋の伸び方とは、何か違うような気がした。

それが薬王寺に、年齢以上の貫禄や風格を感じさせるのかもしれないが。

なんにしてもクラウンの立ち上げ以来、スタッフとして傍にいた長い時間の中で、東が幾度か見せたことがある高圧的な部分、敵を前にしたときの威圧的な部分を知らなければ、結城は薬王寺から「弟だ」と言われても、すぐには納得できなかっただろうとも思っていた。こうして納得させられた後でさえ、受け入れ難いものを感じているのだから――――。

薬王寺と、今月からナンバーワンとなった結城を含むクラウンのトップフォーたちとの話し合いの場がもたれたのは、七月に入った翌日のことだった。昨夜は本当にぶらりと立ち寄っただけだったのか、それとも店内のムードから〝今夜は通常営業ではない〟と悟り、彼なりに気を利かせたのかはわからないが、薬王寺があの場で長居をすることはなかった。

「ま、とりあえず今夜は立て込んでるようだから、これで」

そう言って懐《ふところ》から名刺を取り出すと、結城にそれを渡して、早々に立ち去った。

『薬王寺稔明。オーナーの弟にして、あの大企業、東都製薬の社長子息。現在は常務か…』

結城は手にした名刺を見ながら、苛立《いらだ》つ気持ちを抑えて、その後はどうにか仕事に徹した。

すっかり壊れてしまった空気を、もとに戻らないまでも、直す努力をした。

そして朝になると、名刺を頼りに、薬王寺に連絡を入れた。

改めて昨夜の話が聞きたい、話がしたいという申し入れをし、その日のうちに薬王寺にクラウンへ再来店してもらう約束を取りつけた。

できれば営業時間内は避けたいところだったが、多忙な薬王寺が日中に時間を取るのは困難で、そこは結城たちが時間を合わせることにした。四人全員が店を空けるわけにはいかないので、個室仕様になっているＶＩＰルームの一室を使い、常に店の様子を窺える状態で、この会談に臨むことにしたのだ。

「こちらにどうぞ」

そうして時間になると、男たちは四つほどあるＶＩＰルームの中でも七〜八人程度がゆったりと座れる三番ルームへと入った。

普段なら絞り込まれた間接照明だけが点る部屋だが、今夜は八割方まで明るくしてある。それは言葉だけではわからない相手の感情を見落とさないようにするためだが、その分結城たちの顔色も読まれることになるとあって、足を踏み入れると、自然に緊張感が高まった。

そんな中で、薬王寺は席に着くと、視線を部屋の一辺に設置された大きな窓へやった。

「ここには、こんな部屋もあったのか。フロアからは鏡張りにしか見えなかったってことは、ＶＩＰルームがあること自体、初見の客にはわからない。常連にならないと使えないってことか」

何気なく、テーブル上に置かれていたメニューを手にすると、ざっと眺めてからもとに戻す。

「店内が華美で、高級志向の割には、思ったよりもテーブルチャージが安価だな。ＶＩＰのリザーブ料も、意外に手頃だ。その上アルコールの種類が豊富で、手頃なものから高額なものまで幅広く揃っている。店値も仕入れ価格の三、四割増し程度ってところか？　これならＯＬの月給でも、月に一、二度は遊べるな。高級取りの女なら、酒のグレードを上げることで、優越感に浸らせ、自尊心も維持することができるし――――。だが、スタッフに余程接客力がなければ、この極端な位置にいる女たちを同時に捌《さば》くのは難儀だ。しかも男性客だけでも、気軽に出入りできるなんて…。ここにはルールも何もあったもんじゃないな。よく七年も、捌いてきたもんだ。感心する」

たったそれだけの動作の中で、薬王寺は店の質をほぼ把握していた。

しかも、それを言葉にし、彼なりの評価も結城たちに伝えてきた。

『さすがは、オーナーの弟。というよりは、大企業の幹部だな。視点があくまでも客じゃなくて、経営者だ。しかも見るところも的確だ』

結城はソフトドリンクを運んでくると、形だけは普段と変わらない姿勢で、薬王寺に接した。

「ありがとうございます。お褒めいただきまして、光栄です」

「いや、どういたしまして」

警戒心をいっそう強めながらも、ドリンクを出し終えると空いた席に着いた。

全員が揃い、その場の空気が、更に引き締まる。

「さっそくで恐縮ですが、薬王寺さん。昨夜、この店を処分するとおっしゃってましたが、それはどういうことなんでしょうか?」

話を切り出したのは、オーナー代理の孝信だった。

五人は四対一に別れて向かい合っていた。一人を四人がかりで接客するような状態だ。

「どうもこうもない。言葉のままだ。この店を早々に処分したい。それだけだが」

「それだけって。そんなことオーナーからは、聞いていませんが」

「そうです。我々が聞いているのは、〝留守中、店を頼む。自分が戻るまでは、お前たちに全権を預けるから、頼む〟それだけです」

孝信の言葉に、同意した湊が口を開く。

「――――ふっ。本当に戻ってくるかどうかも、わからないのにか？」

どっかりと腰を据えた薬王寺は、態度も印象も昨夜とほとんど変わらなかった。その口元に笑みさえ浮かべ、まるでのっけから結城たちを怒らせたいような口ぶりだ。

「薬王寺さん!?」

孝信の声が震えた。

「だってそうだろう。それを一番わかってるのは、本人だ。他の誰でもない、病に倒れたときから死を覚悟している、東明本人だからな」

「っ、あんた。よくそんなことが真顔で言えるな。自分の兄さんのことだろう!?　そうじゃなかったとしたって、今の言葉は人として最低だ。人間として最低な言い方だぞ」

薬王寺の言い草に我慢できず、立ち上がったのは、この中では一番若い瑛だった。

「瑛！」

隣に座っていた湊が腕を摑んで、抑える。

薬王寺は立ち上がったままの瑛を、眉一つ動かさずに見上げた。

「そうムキになるな。俺は事実を言ってるだけだ。情だけで、経営ができるか。現実問題として、東明に何かあれば、この店の権利は家族のものだ。どんなにお前たちが任されていると言ったところで、権利そのものは家族に移行する。お前たちは赤の他人だ。ただ雇用されているだけの人間であって、財産権に関与される謂《いわ》れはない」

薬王寺の背後にある、ガラス窓の向こうに見える人々の笑顔が、かえってこの場の空気の悪さを浮き彫りにする。

「だからって!! オーナーはまだ生きてる。しかも、骨髄移植手術だって成功して、快方に向かってる。なのに、どうしたらそんな縁起の悪い話になるんだ。勝手に財産がどうこうって話になるんだよ!?」

結城たちも瑛とまったく同じことを思っていたが、それでも全員で捲《まく》し立てるわけにもいかないので、この場は沈黙を守った。

「だいたい、オーナー本人が、今の時点で売却を希望したっていうならともかく、そんな話は一度も出てない。俺たちは一度だって、聞いてない。俺たちは、オーナーからは、必ずこのクラウンに帰ってくる、だから死守してくれとしか言われていないんだ。なのに、それを――――。たとえ親兄弟であったとしても、俺たちはそんな勝手は認めない。絶対に認めないから」

行き交う二人の会話に、じっと耳を傾け続ける。

「――――別に俺は、お前たちに認めてくれなんて、一言も言ってない。認めてほしいとも、思っていない。勘違いをするな」

「っ!!」

瑛が二の句が継げなくなったのは、あっという間だった。

「それに、お前らが何をどう信じようと勝手だが、お前たちのオーナーは、薬王寺東明だぞ。年商一千億円を超える東都製薬の社長子息。それも本当なら、次期社長を約束されていたような特別な男だ。それをわかってるのか？」

薬王寺は結城たちに対して、どこまでも現実的な話だけをしてきた。

「たとえいっとき血迷い、家を飛び出して。その勢いのまま、こんな世界に足を突っ込んだんだとしたって、家に戻れば後継ぎ息子でご長男様だ。会社に戻れば次期社長――――までには、さすがにしばらくかかるにしたって、重役のポストが待っているのが確実な男だ」

その内容は、結城たちでさえ東が倒れた日まで、知らずにいたことだった。

「我が兄ながら、東明はできた男だ。たとえ離れて十何年経ったところで、慕い続けて待っていたという人間は多い。だが、東明が〝そういう質の男〟だってことを知ってるのは、お前たちだって同じじゃないのか？　ん？」

この街で出会い、この街で共に過ごした東は、結城たちにとっては歌舞伎町のホストで、クラブ・クラウンのオーナーだった。それ以外の何者でもなかった。だから結城たちは、彼の過去については、特に知りたいとは思わなかった。興味がなかったわけではないが、あえて聞くこともしなかった。生まれのよさや育ちのよさ、持ち前の品のよさは感じたが、案外いろんな人間がいるのがこの世界、この眠らない街・新宿だけに、結城たちがそのことに特別な気がかりを感じることは、なかったのである。

もっとも、それだけに、長い間袂別《べいべつ》していた東の父親が、ようやく見つけ出した息子を訪ねてきたときには驚いた。こうして薬王寺が現れた以上に、結城たちは言葉にならない衝撃を受けたことだけは、確かだったが――。

「これで、わかったか。どうして俺が、ここを処分すると言ったのか。東明が、ここに戻るとは限らないと言ったのか」

それにしたって、どうして現実は、こう厳しいのだろうか？

瑛は、薬王寺に言い返す言葉が見つからず、席についた。

湊は奥歯を噛み、孝信は思わず視線を外し、それぞれがそれぞれに、この場をどうしたものかと思い悩んでいる。

「このまま死のうが生還しようが、東明が薬王寺東明である限り、やっと見つけた息子を親父は手放さない。二度と手放すなんてことはしない。それがわかってるから、俺はこんな曖昧《あいまい》な場所はないほうがいいだろうと判断したんだ。東明が生きて病院から出るなら尚のこと、帰れる場所なんか一つでいい。何ヶ所もあると、かえって変な未練を煽るだけだからな」

と、沈黙を守り続けていた結城が、静かに深呼吸をした。

それに気づいた薬王寺が、結城に視線を向ける。

「だったらここは、俺が買います」

すると結城は、その場にいた誰もがハッとするようなことを、突然言い放った。

「今から病院へ行ってきます。オーナーには、クラウンを俺に売ってくれ。すぐにでも俺の名義にさせてくれって、頼んできます」

勢いづけて席から立つと、一瞬にして目つきを変えた薬王寺を、今度は結城が見下ろした。

「直接本人と売買する分には、身内の手を煩《わずら》わせる必要はないでしょうし。それに、あなたが言う現実問題を想定するなら、ここで店が金に変わったほうが、相続も楽でしょう」

売り言葉に買い言葉。当然それでは済まない話に、孝信や湊たちは思わず顔を見合わせる。

しかし、

「ただ、だからって安心しないでくださいね。オーナーはこの店の権利なんかなくても、たとえ店そのものがなくなっても、ちゃんとこの世界に戻ってきます。一度は必ず帰ってきます」

結城は自分が発した言葉にも、それを受ける薬王寺の視線にも、まるでひるむ様子がなかった。むしろその目からは、何をしてもこの店は守る。鷹栖のために作られた居場所は守る。どんな手段もいとわない、そんな覚悟さえ窺えた。

「それをせずに、黙って家族や会社になんか戻らない。どんなにあなたや家族がどう思ったところで、オーナーが帰りたい場所は、初めから一つしかない」

もちろん、地価や場所柄、店の広さを考えれば、決して安い買い物ではないことは、結城にだってわかっていた。

たとえ後から東に買い戻してもらうにしても、薬王寺の手前、一度は現金を動かすことになる。そうなれば、どんなに結城が派手な生活をせずに、貯めてきたものがあったとしても、マンションや車、貴金属を含む全財産を投げる覚悟はいるだろう。

場合によっては、仲間内に借金ということだってありうる。

けれど、そこまでしても結城は、譲れなかったのだ。

今の彼には何一つ、迷いもなかったのだ。

「本当に生きて帰りたいと願っている場所なんて、たった一つしかないんですから」

結城にここまでさせる理由、それは結城にしかわからない。

孝信たちでさえ驚きを隠せずにいる結城の決断に、薬王寺は眉を顰《しか》めるだけだった。

「そういうことで、本日はお疲れ様でした。ご足労いただきまして、ありがとうございました。後のことはオーナーとの話し合いで済ませますので、俺はこれで」

結城は薬王寺に一礼すると、その足でこの場から立ち去ろうとした。

「何がこれでだ。ふざけるな。誰がそんなことをさせるか」

それには薬王寺も憤慨《ふんがい》し、席から立ち上がると、足早に追いかけ、結城の腕を掴む。

「たった今から、東明は家族以外、面会謝絶だ。たとえスタッフであろうが、友人だろうが、家族以外には会わせない。たとえお前が、東明の内縁関係にあるんだとしても、絶対に会わせない。病室どころか病院にだって、近づけないようにしてやるだけだ」

結城は傲慢《ごうまん》な台詞を浴びせられ、顎《あご》を掬《すく》い上げられると、嫌悪と戸惑いを同時に覚えた。

「何⁉」

「ようは、そういうことなんだろう？　東明のものは、内縁の妻たる俺のものだ。今になってノコノコと出てきた身内が、横から財産をかっ攫っていくような真似はするなって、言いたいだけなんだろう？」

「なんだと…？」

耳を疑うような台詞が、次々と薬王寺からぶつけられる。

「まあ、だが、そういう関係だっていうなら、仕方がない。お前には俺から、この店に匹敵する額をやる。それでお前は、新しい店を始めるなり、新しい男をつくるなりしろ。場合によっては、助からない相手だ。せめて金だけでももらっておいたほうが、自分のためにもい――――!!」

聞いているだけで、頭に血が上る。気分が悪くなる。

そんな肉体的な苦痛と、それ以上に感じる精神的苦痛に限界が来ると、結城は利き手をしならせ、顎を摑んでいる薬王寺の手を力いっぱい叩き落とした。

「あんたを、一瞬でもオーナーの弟だと認めた自分に、反吐《へど》が出る」

「――――」

薬王寺は、嫌悪に満ちた結城の眼差しに映る自分を、ジッと見続ける。

『何が、内縁の妻だ。財産だ。どれだけ偉い肩書背負ってんだか知らないが、言うに事欠いて失礼にもほどがある!!』

あまりに屈辱的だったのか、思ったことがすぐに声にならない。震える唇を噛み締める。

「人が、人が大人しくしてれば、言いたいこと言いやがって。名誉毀損で訴えられたいか」

一秒が長いと感じたのち、結城がやっと言葉にしたのは、これだけだった。

「――――違うなら、悪かった。俺の勘違いだった」

だが、その姿を目にし、言葉を耳にすると、薬王寺はすぐに自分の非を認め、その場で身体を折り曲げてきた。

「すまない、謝る。このとおりだ」

その言葉に、仕草に嘘はない。薬王寺からは、誠実さが溢れている。

『あ……え？』

しかし、潔《いさぎよ》い薬王寺の姿は、かえって結城を混乱させた。たった今芽生えた憎悪が消えたわけではないが、それよりも何倍もの困惑が生じ、結城は返す言葉が浮かばなかった。

孝信たちもそれは同じようだ。

薬王寺は十分に頭を下げると、折った身体をゆっくりと起こした。

「だがな、お前の言い分を聞いていたら、そういうふうにしか思えない。東明が戻りたいのは、お前のところだ。この店でもなんでもない、単にこの店に勤め続けるお前のもとに帰りたいだけなんだ。そういうふうにしか聞こえなかったんでな。勘違いをされたくないなら、今後はお前も言い方を改めろ」

再び視線を合わせた薬王寺の目には、まるで反省の色がなかった。

言いたいことを躊躇《ためら》うことなく言ってくる。

「そうでないと、たとえ名誉毀損で法廷に引っ張り出されたとしても、俺は胸を張って言ってやるぞ。申し訳ありませんでした。彼があまりに美しいので、そういうふうにしか頭が回りませんでした。昔から兄が面食いなのも知っていたので、つい。ってな」

それどころかまた鼻で笑われ、これには結城も手では済まずに、衝動的に足が出た。

「何っ!!」

「結城！」

咄嗟に背後から抱きつき、薬王寺を蹴り飛ばそうとした結城を止めたのは、一番近くにいた湊。

「ふっ。これぐらいのことでいちいち腹を立てていたら、こんな仕事は続かないぞ。だいたい、世間から多少の誤解は受ける覚悟で、やってる商売じゃないのか？」

あえて腹の立つ言葉を選んでいるとしか思えない薬王寺の口調。だが、それは嫌味っぽいのにどこか甘くて艶やかな響きを持っていた。

「そうでないなら、やめちまえ。男らしく太陽の下で汗だくになって働け。そうすれば、少しはその花顔《かがん》も凛々しくなるかもしれない。その細腰も逞《たくま》しくなるかもしれないからな」

不意に眼を細め、色気を増した貌《かお》で他人を見据えるところなど、嫌になるほど兄・東とかぶるものがあった。

「っ、このっ!!」

腹立たしいのに、心底から憎いと思えないところが、結城の苛立ちを増幅《ぞうふく》させた。

「やめとけ、結城！」

「放せ、湊!!」

「挑発に乗っちゃだめですよ、結城さん」

「黙れ、瑛っ!!」

認めたくないのに、認めざるを得ない。結城は、どう考えてもこの争いは、自分のほうが不利だと感じた。どんなに「この野郎」と思っても、東の身内だとわかっている薬王寺に対し、自分には心底からの憎悪が抱けない。それどころか、薬王寺にかぶって見える東を意識すると、最近会えてないことから懐かしささえ感じてしまい、どうしようもない。こんなに印象が違うのに、ここまで東と同じ目をした男など、結城は会ったことがない。

「落ち着け、結城。言葉は悪いが、お前は美人だなって褒められたんだ。こういうときこそ、心臓を撃ち抜くような笑顔で、ありがとうって言ってやれ。この手のタイプには、そのほうが、よっぽど嫌がらせになるぞ」

「孝信さん!!」

いっそ、東自身が「こんな奴は弟でも何でもない。本当は、殺したいほど憎んでいる相手なんだ」とでも言ってくれれば、多少は気持ちも変わるだろうが、そもそも東が、そんなことは絶対に言わない男だということがわかっているだけに、結城は余計に腹が立った。

「ついでだから、ガキの苛めじゃないんだから、俺を気に入ったんなら指名しろって。そうやって突っかかるよりも、まずは客の立場から入って、口説くほうが望みもあるぞってな」

せめてもの仕返しなのか、孝信の口調もかなり嫌味っぽい。

「ふん。きつい冗談だ」

薬王寺はそれさえ笑って流すと、今にも噛み付きそうな結城を見つめてきた。

「でもま、とりあえず今夜は、時間を割いた甲斐はあった。お前のおかげで大方の事情はわかった。東明が生きて戻ってきたとき、どうやら邪魔なのは、この店でもなければ、お前たちでもない。だが、この店が存在する夜の世界には、戻る理由があるんだろう。そしてこの店が、それに通じている場所なんだろうから、しばらくはこのままにしておいてやるよ」

しかし意外にも、売却の話はしばらくここでストップすると、告げてきた。口調は嫌味っぽいが、嘘だとは感じられない。これは間違いなく、薬王寺の本心だ。

「――――っ!?」

「邪魔なものを見つけるには、手掛りは必要だからな。じゃあ、時間なので、今夜はこれで」

だが、それが結城たちをホッとさせ、胸を撫で下ろさせてくれるものなのかといえば、そうではなかった。単に薬王寺の目的を明確にするだけのものだった。

「最悪だな」

「何がなんだか、さっぱりですね」

この場を立ち去るときでさえ消えることがなかった薬王寺の不敵な笑みは、湊や瑛に肩を落とさせ、苦笑させた。

「今夜はお手数をおかけしました」

「ありがとうございました」

「――――またな」

店の外まで見送りにいった結城や孝信にも、それは同様だ。

『こんなに嬉しくない〝またな〟は、初めて聞いたな』

薬王寺が夜の街へ姿を消すと、結城は孝信とフロアに戻って仕事を再開した。

「いらっしゃいませ」

ここで気持ちを切り替えられなければ、あの男に負けた気がする。

薬王寺は、たとえこの後に得意先に向かうようなことがあっても、何食わぬ顔をして済ますだろう。どんなに気分を悪くしたところで、一切仕事に持ち込まない。顔にも態度にも出さなければ、常にクールを貫き、紳士に徹するだろう。

東がそうであったように、薬王寺も――そう確信できることから、結城たちはフロアに戻ると、それぞれの仕事に徹したのだった。

「結城さん、十五番テーブルでご指名です」

「ありがとう」

今夜もクラウンの客席は、スタッフの努力もあって、九割方埋まっていた。

＊＊＊

それから数日が過ぎた日のことだった。ここしばらく降ったり止《や》んだりを繰り返していた雨も上がり、都会の空には晴れ間が広がっていた。

結城は普段通り、マンションの自室で目を覚ますと、出勤準備をし始めた。

いつものようにシャワーを浴びて、洗顔から歯磨きまでのすべてをそこで済ませてしまうと、淹《い》れ立てのドリップコーヒーを朝食代わりに、三社ほどの夕刊に目をとおす。種類は経済、一般から芸能・スポーツと幅広い。客からどんな話をされても、答えられる知識の更新は、日々欠かせない。そのため、結城の一日の始まりは夕刊で、終わりは朝刊。これも、もう何年も変わっていない、彼の習慣の一つだった。

『――――今日はどうだ？』

そして今日も、結城はコーヒーカップを片手に、ダイニングテーブルに新聞を広げていた。

ここ数日、結城が真っ先に確認するようになったのは東証《とうしょう》の株価、東都製薬のものだった。

『五十七円も上がってる。ここ二、三日は下がってたけど、やっぱり新薬の研究開発が表沙汰になると、一気に現れるな。たぶんしばらくは買いが続くだろうけど――――こうやって見ると、案外胃が痛いもんだな、株式も』

薬王寺は去り際に「またな」と言った。それがいつなのかはわからないが、薬王寺は再び店に訪れるなり、連絡を寄こすなり、なんらかのアプローチをしてくるつもりだろう。

だが、Xデーとされたのが、今日なのか明日なのか明後日なのか、結城はどうしても気になった。気にしたところで、こればかりは相手の都合、もしくは気まぐれ。それに、わかったところで、結城には特別な対策があるわけでもない。せいぜい準備ができたところで、愛想笑いの特訓ぐらいだ。しかし、それがわかっているのに、結城がつい株価の動きを確認してしまうのは、多少なりとも相手を知るためだった。

会社の景気を知ることで、同じように一日一度は株価の数字を見つめているだろう薬王寺の心理を探り、状況を思い浮かべ、彼の動きを少しでも理解するためだったのだ。

『話のネタに、手を出したことはあったけど、あのときは完全にギャンブル感覚だったもんな。

株を動かす臨場感が得られれば、俺にとっては生きた教材費。たとえ失敗したところで、高い授業料だったと思えば、それで済む話だったし……』

とはいえ、探ろうと思ったまではよかったが、理解できると思ったら大間違いだなと確信したのは、今日になってからだった。

『けど、俺が会社側、それも幹部役員だったらどうだろうって想定で数字を追うと、とてもじゃないが、気楽な目では見られない。これがすべてじゃないだろうけど、バロメーターの一つであることだけは確かだ。会社の健康の、というよりは、生存状態の――』

下がり続ける株価にハラハラし、一気に上がった株価にまたハラハラとする。上がったからといって、素直に喜ぶこともできない。

結城はこんなの絶対にもたない、自分にはできないと素直に思った。

たとえ彼ほどの才能や立場があったとしても、自分程度の度量では一ヶ月もしないうちに、プレッシャーで潰れてしまうだろう――と。

そんなことを考えながら、視線は他にも知った社名を探した。

『そう考えたら、同系列企業で社長まで上り詰めた鷹栖さまも、すごい人だよな。さすがにNASCITAのほうは、東都製薬ほど大きくないけど。でも、それでもこうして東証に名を連《つら》ねる大企業だ。なんのツテもなく入社して、自分の才能と人一倍の努力が認められて、たった十年足らずでトップまで駆け上がって』

結城がすぐに目に留めたのは、NASCITA。価格は昨日よりも五円上がっていた。それだけで気分がよくなると、結城はコーヒーに口をつけた。

ほろ苦くも芳《こう》しいアロマにホッとしながら、紙面を捲ると別の記事を拾っていく。他人の恋愛に興味はないが、熱愛発覚の文字まで、きっちりと。

『でも――――、そのうちの九年間を陰で支えたのは、オーナーだ。俺が出会う前から、鷹栖さまはオーナーの愛に支えられて、仕事に邁進《まいしん》してきた。そしてオーナーもまた、鷹栖さまを支えることで、自分を奮い立たせ、店を繁盛させてきて』

そうして大方読み終える頃には、カップの中身も空になっていた。

結城は、カップを持って席を立つと、そのままキッチンへと歩いた。

手際よく洗ったカップをカウンターに伏せると、その足で寝室へと向かう。

一人暮らしには十分な広さをもった1LDKのマンション。結城の商売道具ともいえる衣装は、すべて寝室のクローゼットにあり、壁一面に作りつけられたそれを開くと、中央から右半分には、毎日着替えてもひと月は回せるスーツと、私服がかけられていた。そして左半分には、ワイシャツや小物専用の棚に引き出しがあり、クリーニングから戻ってきたシャツはそのまま収められ、毎年誕生日になるともらう貴金属や腕時計も、きちんと並べて収納されている。が、そんな中で、結城の視線を捕らえたものは、貴金属と一緒に置かれた二枚の名刺だった。

「いっそ、本当のことを打ち明けてみるか？　他のことはどうでもいいから、これだけは守ってくれ。頼むから、オーナーが守り続けてきた鷹栖さまだけは、傷つけないでくれって」

一枚は、結局自分が預かったまま、自宅に持って帰ってきてしまった薬王寺稔明の名刺。

そしてもう一枚は、先月上旬に役職が変わり、新しく作り直された鷹栖愛の名刺。

「けど。大企業の社長子息が家出して、ホストクラブの経営者になっていたってことが、まず許せないんだから、実はオーナーの恋人は男ですって言った段階で、嫌悪されそうだよな」

そのどちらにも、自分のデスク直通と思われる番号と携帯ナンバーが記され、同系列グループである証、東都グループの文字がしっかりと記載されている。

「しかも相手は、薬王寺だって名前と顔ぐらいは知っているはずの、同系列会社の若社長だ。二人は昔から愛し合っていて、一生添い遂げるつもりなんです。だからオーナーは、今も頑張って病気と闘っているんですって言ったところで、わかってくれるとは思えない。むしろ今より躍起になって、鷹栖社長に喧嘩を売りに行くかもしれないしな。俺に店と同額の手切れ金を出すって言ったぐらいなんだから」

結城は、二枚の名刺を見比べると、そうでなくとも頭が痛いところに持ってきて、胃まで痛くなりそうだと思った。

偶然とはいえ、薬王寺と鷹栖の社会的な関係ばかりは、誰にもどうすることもできない。

いつ、どこで顔を合わせ、そのときにどんな話が飛び出すのかは、神のみぞ知るだ。

さすがに二人の口から、ホストクラブだの東　明だのという名前が出ることは考えづらいが、家を長い間留守にしていた長男の帰宅だとか、現在身内が入院中だのという話なら、普通に出てきてもおかしくない。たとえ社交辞令であったとしても、話を聞けば鷹栖が見舞いに――というこどだって、考えられる。

「でも、どうしてオーナーは家を飛び出したんだろう？　金持ちとか名家にありがちな、生まれたときから敷かれたレールの上を走っている自分が、ある日突然嫌になったってケースなのかな？　だったら尚更、連れ戻したところで、もとの鞘《さや》にはおさまらない。ましてや、今から長男として家督を継いで、会社を切り盛りするなんてことに全力を尽くすとも思えないのに」

結城は、すでに鷹栖の秘書を務める野上に薬王寺のことは知らせているが、それでも思いがけない偶然がどこで起こるかと思うと、眩暈がしそうだった。

「たとえ、どんなに家族や社員がそれを望んでも……!?」

だが、名刺に向けて愚痴をこぼしていると、ふいに引っかかりを覚えた。

「――――……家族や、社員……」

どうして、なんでこんなことに、今まで気づかなかったのだろう？

結城はそう思うと、ベッド脇へ歩いた。

サイドテーブルで充電中だった携帯電話を掴み、名刺に綴られた番号に電話をかける。

RRRR、RRRRと呼び出し音が響く。結城が電話をしたのは、携帯番号のほうだ。

〝はい〟

ツーコールほどで着信した先方から聞こえてきたのは、数日ぶりに耳にした男の声。覚えのない着信番号が表示されたからか、警戒しているのがわかる。

「もしもし。お忙しいところ、大変失礼いたします。私、結城一真と申しますが、薬王寺稔明常務でいらっしゃいますか？」

〝私だが。君は、もしかして…〟

「クラブ・クラウンの結城です。実は気になることがありまして。薬王寺さんのお時間が取れるときでけっこうです。もう一度お話をさせていただけるよう、ご検討願えますでしょうか？」

結城は相手が薬王寺であることを確認してから、店の名前を出し、用件を伝えた。

〝気になること？〟

「はい」

携帯電話を握る手に、力が入る。多忙な相手だけに、いつ時間をもらえるのか、こればかりは神ではなく、秘書のみが知るということもありえる。

〝じゃあ今夜にでも店に行く〟

「――――、ありがとうございます。では今夜、お待ちしております」

先延ばしにされるか、適当にあしらわれるかという覚悟があっただけに、意外にあっさりと約束が取りつけられて、微かに声が弾んだ。

『よし!!』

電話を切ると再びクローゼットのほうへと向き直り、別に目当ての女性を口説くでもないのに、下ろしたての下着を手にした。

スーツはクローゼットの中でも一番仕立てのいい、高級ブランドのものを選んでいた。

3

これが〝三度目の正直〟になるのか、それとも〝二度あることは三度ある〟になるのかはわからないが、その日薬王寺がクラウンに現れたのは、深夜も十一時近かった。

入口のベルがカランカランと音を立て、「いらっしゃいませ」の声と共に一際姿勢のよい男が姿を現すのが見えると、結城は奥から足早に彼のもとに向かった。

「本日はお忙しいところ、ありがとうございます。こちらへどうぞ」

「いや、ここでいい」

前もって結城は、薬王寺が来ることを孝信には報告していた。その上で、話の場としてVIPの二番ルームを使用できるよう空けていたが、なぜか薬王寺はフロアの席を選んだ。

「こちらのお席でよろしいんですか？」

「ああ」

それも入口にもっとも近い五番席。クラウンでは、五番から十番までの番号が付けられたテーブルは通称「ひな壇」と呼ばれ、メインフロアから階段で三段ほど高い位置にあった。

それは一番奥に位置したカウンターからでも、一番遠い客の動向を決して見落とさないよう東が配慮し、わざとそうしたものだ。

そのため、距離はあっても自然とカウンター内にいるスタッフとは、よく目が合う。座っていながら店全体が見渡せるのも魅力で、そのためか一人で訪れる客に人気の席だ。

だが、その分目立つこともこの上ない。薬王寺ほどの体格と存在感があれば、どんなにスタッフが彼の前の座ったとしても、必ず目立つ。それを考えると結城は、薬王寺がそれをわかっているのだろうかと、躊躇った。薬王寺の立場なら、極力人目《ひとめ》は避けたいと思って不思議がないのに、彼はまったく気にしていないのだろうか？

「お電話して、すみませんでした。実は、あれから、どうしても気になることがあったもので」

「いや、別に構わない。どうせ時間ができたら、来るつもりだった。あ、先にビールを一本。つまみは適当でいい」

薬王寺は、席に着くなり手渡されたお手拭きを広げると、普通にオーダーをした。

結城は更に困惑する。

「はい。ビールですね。おつまみはお任せで。かしこまりました」

「後は、お前の好きな物を持ってこい。グラスでもボトルでも、なんでも構わない」

特にメニューを見るでもなく、薬王寺は最初のビール以外のすべてを結城に任せてくる。

「いえ。俺は…。お呼び立てしたのは、個人的なことですし」

この流れだけでも、今夜の薬王寺が客として訪れているのは、結城にもわかる。が、結城としては、前回の延長として話を聞いてもらうという目的を再確認する意味で、この場での自分への配慮は遠慮させてもらった。

しかし、そんな結城の態度に、薬王寺は明らかにムッとしてみせた。

「だから接客する気はないってか？　ふざけたこと言うなよ」

「ふざけているわけではありません。俺は薬王寺さんにオーナーの件で、お聞きしたいことがあると申し上げたはずです。ですから、この場を借りてはいますが、お酒をご一緒するのは…」

「────なら、この席には来るな。俺はお前と個人的な話をするために割く時間なんか、一秒足りとも持ち合わせてない。いちいち付き合う義理はない」

使い終えたお手拭きをピシリとテーブル上に置き、その場から結城を追い払いにかかった。

「っ…!!」

「今夜俺がここに来たのは、一度ゆっくり店を見たいと思ったからだ。東明の目線に立って、中を見たいと思っただけで、接客もできないスタッフと無駄な時間を過ごすためじゃないからな」

自分の言い方が悪かったのかもしれないが、それでもここまで頭ごなしに言われるのはどうだろうか？

結城の頬は、見る間にヒクヒクとしてきた。

「おビールを、ご一緒してもよろしいでしょうか」

それでも「はい、わかりました」と言って引くわけにはいかないので、結城は誰が見てもわかるほどの似非《えせ》笑いで、接客にあたることを示した。

「安上がりな男だな。まあ、いい。スタッフとして接客するなら、話は聞く。早くセットしろ」

そのわざとらしさが、かえって可笑《おか》しかったのか、薬王寺はクスリと笑った。

いかにも硬派な男が見せる微笑は、それだけでも周囲の気を引き、女性客の視線を集める。

「はい」

今夜も先が思いやられるな——そう感じながらも、結城は自分に「我慢、我慢」と言い聞かせて、その場から離れた。いったんオーダーをとおしに、カウンターに戻った。

「五番にビールとグラス二つ。あと、おつまみを適当にお願いします」

カウンター内には、今夜も孝信が入っていた。最近すっかり定着してしまっているためか、孝信の常連客たちは、揃ってカウンターに集まっている。

「了解。五番、手始めはビールと。それにしても、こんなにすんなりお前の呼び出しに応じるなんて、案外気に入ってるのかもしれないな。お前のこと♡」

「冗談言わないでください。あの男は呼ばれなくても、今夜来るつもりでした。俺に呼ばれたからじゃありません。俺からの電話が、偶然重なっただけです。はなから俺の話なんて、聞く気もありませんし——そういうの、不愉快です」

なんでもないような冗談にカチンときてか、結城が真顔で言い返す。

「なんだよ、怒るなって」

客の手前もあり、孝信は本気で焦った顔をした。

「っ…、すみません」

「おいおい、のっけから何を言われたんだか知らないが、冷静になれよ。たとえ向こうがどういう目的で来たとしても、先にオーダーをしてきたってことは、今夜は客として来たってアピールしてるんだ。前回とは、明らかに違う。そのつもりでお前も接しないと」

結城はすぐにハッとし、謝罪したが、孝信から注意を受けた。

「はい。すみませんでした」

気を取り直して、カウンター上に用意されたビールやグラスをトレイに載せ、席へと戻る。

しかし、

「来た早々、よっぽど痛烈な嫌味か、変な口説き文句でも食らったのかな？　例のオーナーの弟とかって男に」

「かもな。あんなにむきになった結城くん、初めて見た。普段はニコニコして受け流すのに」

「孝ちゃん、そこから気をつけて見ててやりなよ。なんていっても結城ちゃんは、オーナーに純粋培養されたクラウン・ブランドのホストくんなんだから」

カウンター席にいた常連客たちは、驚きを隠せないままの孝信の不安を煽った。

「ああ――――ん」

孝信は、ここから見える結城の後ろ姿、正面角の席にいる薬王寺を見比べ、息を呑む。

『失敗したな。こんなことなら、最初に店の外で話したいって言えばよかった。スタッフとしてじゃなく、オーナーの知人として聞きたいことがあるって。簡単に、じゃあ今夜って言われて、はいって答えた俺が甘かったのかもしれないけど――――』

結城は席に戻ると、薬王寺の前に置かれたコースターの上に、そして自分のスペースにグラスを置いた。

背もたれのある客席には薬王寺が、向かい合う補助席には結城が腰をかけた。孝信には、ここからが第一ラウンド開始といった状態に見えることだろう。

『それにしたって、なんでこんな奴と、乾杯する羽目になるんだ？』

結城はビール瓶を手にすると、彼の冷えたグラスにビールを注いだ。と、薬王寺は絶妙なタイミングで手を伸ばしてきた。瓶を受け取ると、結城の分は薬王寺が注いでくれる。

『慣れてるし――――。何から何までスムーズだな』

おそらく仕事の付き合いが多いためだろうか。薬王寺は接客されるほうにも、するほうにも手慣れていた。ビールも絶妙な泡具合で注ぎ込むと、特別言葉は発せず、その仕草だけで、乾杯の合図をしてくる。

結城は形ばかりの乾杯を済ませると、つい習慣から、相手の左手の薬指に視線をやった。

『まだ、独り身か。もしくは、外では独身主義？　なんにしても、今が盛りだな。男としても、社会人としても』

冷えたビールを手にしながら、どう切り出そうか考える。

こんなに席での第一声に迷うのは、新人の頃以来だ。

そんな戸惑いが伝わったのか、グラスの中身をまずは一杯空にしたところで、薬王寺が口火を切ってきた。

「で、俺に何が聞きたいんだって？」

その瞬間、結城はお代わりを差し出しながら、迷うのをやめた。

「今夜は、どんなお話をしたら、喜んでいただけますか？」

「は？」

「こう見えても、意外に公私は分けるほうなんですよ、俺」

このままでは、すべてが半端に終わってしまう。そんな予感から、結城は薬王寺に聞こうと思っていた話のほうを諦めた。

「それは、今夜は接客だけに徹するということか？」

「はい」

今夜は接客に徹しよう、薬王寺の目的に合わせよう、そう決めた。

「なら、東明のことで聞きたいことがあるって言ってたのは、完全にプライベート。スタッフとしてじゃなく、一個人でって意味だったのか？」

「そうです。だからって、また薬王寺さんに勘違いされそうな話じゃないですよ。俺はオーナーとは、店から離れてもお付き合いができる。ずっとそれが続く関係にあると思っているので、知人の一人として、その弟さんに改めて聞いてみたいと思ったことがあっただけです」

「知人として、弟にね」

「でも、それは薬王寺さんには、失礼なだけだったようなので」

気持ちの切り替えが功を奏したのか、結城は自然と会話もスムーズになった。

「なるほどね。そうやって話をもったいぶって、間をもたせてるのか？　それとも俺の好奇心を煽って、さっきは悪かった、もういいから気にせず話してくれと言わせたいのか？」

「勘ぐりすぎですよ。どうしてそんなふうに複雑に考えるんです？　そんなふうに思うぐらいなら、素直に〝こいつ腹立ててるのか〟って思ったほうが簡単ですよ。単に意地になって席にいるだけだなって」

　手にしたビールを口にする余裕も生まれる。

「――……意地なのか。ここにいるのは」

「ええ。俺としては、特に悪気があって言ったことでもなかったので、頭ごなしに怒られて、心外です。だから、どうやって仕返ししてやろうかなって、ずっと考えてます。こうして一秒でもあなたの大事な時間を無駄にしてやるのがいいのかな、それとも他にもっといい方法があるのかな？　って」

　結城は笑って言葉を返すと、薬王寺の反応を窺い、わずかな表情の変化にも、気が回るようになってきた。

「ふっ。ストレートな男だな。なら、俺もはっきり言い返してやる。こっちがせっかく売り上げに協力しながら、話を聞こうかって言ってるのに、それを真っ向から否定するっていうのは、悪意がなくても、失礼なんじゃないのか？　しかも、あそこで折れたお前に敬意を表したからこそ、改めてこっちから話せって切り出してやったのに。それさえ断るっていうのは、店のホストとしても、東明の知人としても、いただけないんじゃないのか」

　だが、こうして落ち着きさえすれば、結城は薬王寺が話を聞く気でここまで足を運んでいることが、理解できた。やはり最初の掛け合いは、互いの間が悪かっただけ。意思の疎通ができなかっただけで、薬王寺も頭ごなしに怒ったわけではない。

　それがわかると、結城はグラスを傾け、用意していた話を自然に切り出すことができた。

「かもしれませんね。こんなことになるなら、あなたに電話しないで、オーナーのところに行けばよかったです。闘病中のオーナーに心労をかけるのは忍びなかったので、つい電話してしまいましたが、オーナーなら、俺が〝何か弟さんに恨まれるようなことをした覚えはありませんか？〟って聞けば、その場で返事をくれたでしょうし」

「――――」

薬王寺の睫《まつげ》がわずかに震えた。

結城は、やはり自分が思ったとおりだと確信する。

「聞きたかったのは、それだけです。あなたが、別に恨みはない。本当に、家族やオーナー自身のためを思って、今後は兄を薬王寺の家に戻したい、夜の世界には戻したくないって思っているなら、あなたの気がかりは、すべて俺が晴らします。その上で、どうしても一つだけ聞いてほしいお願いがあるんですと、頭を下げるつもりでした。けど、そうでないなら――――」

「そうでないなら？」

「あなたも役職に就いているほどの仕事人なら、私情で俺達の職場を荒らすのはやめてください。兄弟同士の争いに、関係のない人間を巻き込まないでください。そう、叱るつもりでした」

力強い言葉を発すると同時に、結城はグラスを静かにテーブルへ置いた。

「この俺に、お前が？」

今の薬王寺には、微塵の動揺も見えない。

結城は、ここから先は聞き流される覚悟で話を続けた。

「そうです。ここは、確かに東都製薬という会社に比べたら、ちっぽけな店です。どんなにこの界隈では、中堅クラスのけっこう大した店ですよって言ったところで、年商一千億なんて数字を突きつけられたら、黙るしかないです。けど、それでもここにだって、守るべきものはあるんです。あなたが自社で守ってきたものと、なんら変わらない大事なものが存在しているんです。だから、俺はあなたも人の上に立つ人間なら、それをいっときの感情だか個人の恨みだかで壊すような真似はやめてください。オーナーが身動き一つ取れないこんなときに、それを逆手に取ったような卑怯な真似は、しないでください、そう言うつもりでした」

薬王寺は、結城が思っていることを言い尽くすまで、何も返すつもりはなさそうだった。

「個人的なことは、オーナーが元気になったら、正々堂々と二人でやり合えばいいでしょうって。その結果なら、オーナーがどこに帰ろうが、店をどうしようが、俺たちは一切口を挟まない。どこまでもオーナーに雇われているスタッフとして決定には従うから、せめて公私はきっちり分けてほしいって」

そのためか、結城がもっと手間なり時間なりかかると考えていた話は、案外早く最後までたどり着いた。

「なるほどね。だから、酒を飲んで話せることじゃなかったってことか」

薬王寺は、話を最後まで聞き終えると、二杯目のビールに口をつけた。

半分ほど飲み終えるとグラスを置き、わずかだが上体を乗り出してきた。

「はい」

反撃が来る――――と、結城は身構えた。

「だがな、今の話はどう聞いても、俺が東明を恨んでいると決めつけている気がするぞ。はなから叱る気満々だ。それもずいぶん失礼な話じゃないのか？」

「失礼かもしれませんが、それが一般的かなって思えたので」

「一般的？」

しかし、今回結城は以前のような自身の感情論ではなく、客観的な視点で、むしろ薬王寺の立場に立ったつもりで気づいたことを話していたので、構えはしても焦ることがなかった。

「だって、そうじゃありませんか？　長い間家出していた兄が、突然見つかった。しかも、こんな形ではあっても、帰ってきた。家族としてなら、純粋に嬉しいかもしれません。ですが、大会社の重役としてはどうなんだろう？　どんなに優れた相手であったとしても、十何年もブランクのある人間が、なんの問題もなく自分と同じ位置に戻る。もしくは上に来るって、果たして喜んで受け入れられることなんだろうか？　って、疑問に思えたので」

「それほど東明が優秀で、俺がそれを誰より認めていたから。それで済む話じゃないのか？」

たった数日ではあるが、これまでとは見方を変えて株式を追ったことで、結城は薬王寺が背負っているだろう責任の重さを想像した。それを維持し、持続し続けることは、自分には想像もつかないほど、生半可なことではないだろうとも感じた。

だが、そうなれば、

「認めていたなら尚更です。だって、オーナーが家を出られたのって、バブルが崩壊して、どこの企業も一番大変だった時期じゃないんですか？　はっきりと年は断定できないですが、確かオーナーがこの界隈に姿を現したのって、その辺りだって聞いてるんです。でも、それが正しいとしたら、そんな大変な時期に、次期社長に望まれていたほどの人材が消えてしまうって、企業にとっては、どれだけの打撃なんですか？　残された人たちの負担は、計り知れないんじゃないですか？　期待があった分、尚のこと」

結城ははっきりと口にしたように、消えた東に対して薬王寺が、まったく何も感じてないとは思えなかった。多少の恨みつらみや悪感情はあって当たり前、むしろそれもなく笑って許して受け入れるほうが、不思議なぐらいだと感じたのだ。

なぜなら、どんなにもとは仲のいい兄弟だったとしても基本が兄弟、親子とは違う。

親ならば、いずれは子どもに与えるために務めてきたと思い、どんなに空白があろうが、受け入れることができるかもしれない。また、与えることも可能だろう。しかし、東の留守を必死に補い、務めてきた兄弟となれば、話は別だ。兄弟は親子という縦関係にはない、生まれた順番こそあっても対等な関係だ。どんなに愛し、尊敬し合える仲にあったとしても、許容範囲が親ほど広いとは思えない。ましてや家庭内のことではなく、企業を含めてとなったら、これまでに担《にな》ってきた責任の重さに比例し、その許容範囲が狭くなっても当然だろうと思えたのだ。

「――――」

とはいえ、さすがに核心を突きすぎたのか、薬王寺が黙った。

「すみません。決めつけすぎました」

結城は視線こそ外さなかったが、余所様《よそ》の家庭事情に攻め入りすぎたことを反省し、すぐに謝罪した。

「いや、謝ることはないさ。けっこう目のつけどころはいい。そう言われたら、そうかもしれない。東明が消えた尻拭いをせざるを得なかったのは、確かなことだ。なのに、あいつは、すんなり許される――――。当時のことを思い出したら、余計に腹が立ってきた。ますますあいつの大事なものなら、なんでもぶち壊してやりたくなってきた」

するど薬王寺は、これまで見せなかった自虐的な笑みを漏らしてみせた。

「っ!!」

「生憎《あいにく》だったな。お前の話は、俺には逆効果だ。たとえ卑怯だと言われても、この腹の虫は治まらない。そういう類《たぐい》のものなんだって、確認できたようなもんだ。礼を言うよ。ありがとう」

結城の話を否定するどころか肯定し、内に秘めていたのだろう憎悪をはっきりと表に出した。

『逆効果――――か』

結城は、しまったでは済まないほうに話を持っていってしまったと、奥歯を噛んだ。

どんなに薬王寺の中に兄への憎しみがあったとしても、それが彼の仕事人としてのプライドに勝るとは考えていなかった。結城の話をすんなりと受け入れ、東への憎しみを即座に変えてくれるとは思っていなかったが、それでもここまで悪感情が大きいとは考えていなかったのだ。

『これじゃあ、せめて鷹栖さまのことだけでもって…、切り出すのも難しいか？　最悪、鷹栖さまにだけは、何も言わないでくれ。ときが来るまで、オーナーの素性も、病気のことも、決してあなたからは明かさないでくれって、どんなことをしても、頼むつもりだったのに』

なりふり構わず、目的だけを伝えるほうがよかったのだろうか？

薬王寺の言動の根底にあるものがなんなのか、かえって無視して話を進めてしまったほうが、無難だったのだろうか？

できることなら、理解してほしい。こちらも理解し、最善を尽くすから、どうか、たった一つだけ守ってほしい。何をどうしても構わないから、これだけは守ってほしいと思ってのことだったのだが。

『どうしたらいいんだ？』

結城は薬王寺から視線を外すと、次に発する言葉を探した。

「ところで、話が一段落したなら、次のオーダーを促さないのか？　グラスが空くぞ」

「あ、申し訳ございません。何をお持ちいたしましょうか？」

またも薬王寺に切り出され、結城は近くにいたスタッフからメニューを受け取ると、それを開いて差し出した。

「そういう意味じゃない。ここからは気分を切り替えて、饒舌《じょうぜつ》に勧めるなり、甘えて強請《ねだ》るなりして、少しでも高価なボトルを入れさせるのが、仕事じゃないのかと聞いてるんだ」

薬王寺の切り替えの早さは、圧倒的だった。根に持つタイプだとは思えないが、引きずり続けているような素振りは一切見せない。

結城は、こんな態度を見せつけられると、何か感じたことのない敗北感を覚えた。

はなから勝とうと思うような相手ではないが、ここまでやり込められている気がするのは、初めてかもしれない。

「すみません。俺はボトルの銘柄に関しては、お客様にお任せすることにしています。初見のお客様では好みもわかりませんし、嗜好品は、価格でお勧めできるものではないと思ってます。もちろん、特にお好みがない場合は、ご予算を伺ってから、お勧めすることにしていますが」

それでも自分を見失わぬよう、結城は精いっぱい対応した。

「綺麗事ばかり並べるんだな。ホストとしても」

「――――、すみません。これが俺の接客の仕方なので」

「それでナンバーワンか。ずいぶん楽な店だな。もういい、ビールを追加してくれ」

何一つ嚙み合わない。余程相性が悪いのだろうが、結城はオーダーをきっかけに、他の者と接客を代わることを決めた。

「はい。ただいま」

薬王寺が来店した目的を考えれば、別に相手が自分である必要がない。結城自身は聞きたかったことが聞けてしまったし、これ以上は泥沼化しそうだと思えて――――。

『饒舌で積極的に強請《ねだ》られるのが好みなら、代わりは瑛がいいかな』

結城は瑛に代わってもらうことを決め、席から立ち上がろうとする。が、背後からポンと肩を叩かれ、ビクリとした。

「失礼します。お話し中のところ申し訳ありません」

声をかけてきたのは、瑛だった。

「何？」

「ただいま一番に、お客様が」

耳元に顔を寄せると、声のボリュームを落とす。

「一番？」

なんてタイミングのいい――と思いかけたが、結城は一番と聞いたとたんに、なんてバッドタイミングだと焦った。

「はい。前もって、お電話もなくというのは珍しいことなんですが。席に来るときでいいので、ニューボトルをと。先日のお祝いを、改めてし直したいからって」

VIPルームの一番。そこはこの店が開店したときから、たった一人の客だけに使うことが許されている特別室だ。常にとおされている鷹栖は、未だにわかっていないようだが、どんなに店が混んだときでも、来れば必ず席があるのは、この決まりのためだ。

この部屋こそが、東が鷹栖のためだけに用意した〝王の間〟、クラウンの名にふさわしい玉座なのだから。

「わかった。じゃあ、ここ頼んでいいかな？　あと、ビールの追加お願い」

こうなると、間違っても鷹栖と薬王寺をバッティングさせないことが、今夜の仕事だと結城は開き直った。

「はい」

「すみません。ここで失礼します。結局、何一つ喜んでいただけるお話もできずに、すみませんでした。代わりの者をつけますので、どうぞごゆっくり。それでは」

席を立つと一礼し、後は瑛に任せた。

「――――で、お前をここに呼び戻したいときには、オーダーをすればいいのか？　お前に持ってこさせればいいのか？」

だが、すぐにでも立ち去ろうとした結城を、薬王寺のかけた声が引き止めた。

「え？」

「どうやら俺の見方が甘かったようだな。確かにそれなら、自分からオーダーを促す必要はないからな。自主的に客同士を争わせるなんて、さすがはナンバーワンだ」

『まだ言うか』

思わずそう返しそうな嫌味を言われて、再び結城の頬が引き攣ってくる。

隣で瑛がハラハラしているのにも気づかない。

「別に、余計なオーダーをされなくても、俺は呼んでいただければ、席の移動はします。逆を言えば、オーダーされても、動けないときには動けませんから。そう勝手な勘違いばかりなさらないでください」

結城は、嫌味なほど笑って言い返してから、一礼をした。

「わかった。なら、そういうことにしておこう」

さすがに薬王寺もこれ以上は絡んでこなかったが、代わりに席に着いた瑛の顔を、目いっぱい不安そうにさせた。

『この後を、どうしろって？』

どんな客であっても、女性が相手ならやりすごせる自信はある。だが、普段から男性客はほとんど相手にしたことがない瑛に、薬王寺は難関だ。

『本当に絡む男だよな。あそこで人の顔見て笑うぐらいなら、この役立たずって怒ればいいじゃないかよ。口の割には、大した仕事してないなってさ!!』

結城はその足でカウンターに寄ると、鷹栖が普段から好んで飲むスコッチのボトルをオーダーし、それを持ってＶＩＰルームに向かった。

『と、落ち着け、落ち着け——相手は鷹栖さまだ。気持ちを入れ替えろ』

心からの笑顔で、鷹栖の席へ訪れた。

「いらっしゃいませ、鷹栖さま」

「あれ、結城くん。ずいぶん早かったけど、大丈夫？　他の席にいたんじゃないの？」

気取りのない口調は、電話と同様だった。鷹栖は見た目はかなりクールな美男だが、こういった場でのテンションの高さは、結城よりもかなり上なタイプだった。

遊び慣れしているところは、薬王寺となんら変わらないが、そこに「いかにも社長です」といったところを感じさせないのが、大きく違うところだった。

「ヘルプだったんですよ。だから、平気です」

「そう」

しかも、鷹栖は結城の目から見ても、可愛い存在だった。

どんなに大きな仕事をしていても、またその分厳しい目を持っていたとしても、根底にある人としての性格がやんちゃで愛らしいところが、結城を始めとしたスタッフたちにも、とても好かれているところだったのだ。

「それより、先日はドンペリのゴールドをありがとうございました。もう、スタッフからお客様から、大喜びでした」

「それはよかった。俺も喜んでもらえて嬉しいよ」

喜怒哀楽をはっきりと示す表情も、声色も、結城は何度となく同い年の相手に失礼だとは思ったが、この印象は変わらない。今夜も鷹栖は見ているだけで、可愛い人だと思った。

「ところでさぁ、聞いてくれる!?」

たとえこれから、誰もが驚くような悪口雑言《あっこうぞうごん》で、会社の愚痴を吐き出すことになったとしても、それを苦もなく酒の肴《さかな》にできるほど、鷹栖は結城にとっても、愛すべき存在だったのだ。

とはいえ、一時間後――――。

「あー、腹が立つ。こんな話、さすがに会社じゃできないからさ、本当に溜まってたんだよ、ここんとこ。もう、支社の幹部が使えねぇのなんのって、本社の幹部が全員まともに見えたのなんか、入社以来初めてだよ。あんまり使えねぇから、左遷《させん》してやろうかと思ったけど、すでにそこが支社の末端だから、飛ばすところもなくてさ。思わず笑顔で肩叩いちゃったよ。なのに、そいつがまた、鈍くてさぁっ。俺に激励されたと思って、大喜びしてんの。あんまり腹が立ったから、支社のごみ箱一つ蹴り壊してきたよ。あ、ただし、廃品回収に出す予定のヤツだけどね。んと、こんなんで、よく前社長は我慢してたよ。まあ、そうは言っても、前社長もニッコリ笑って、けっこうえげつないこと言うし、やる人だから、それなりに陰でなんかしてたかもしれないけどさぁ。鬼秘書と一緒になって!!」

覚悟はしていたが、今夜も鷹栖は絶好調だった。

まだ最初の一杯も飲み干していないというのに、溜まっていた愚痴を火炎放射器のように吐き出す姿は、ファイヤードラゴンかキングギドラだ。

会社では、それでも気を遣い、必要最低限のことしか言わないらしいが、これを九年間聞き続けてきた東は、それだけで彼に惚れられるにふさわしい男だ。

『相変わらず、炸裂してるな。酔った勢いっていう言い訳がしたくないから、素面《しらふ》のうちに全部愚痴るって考え方もすごいけど。それにしたって、とてもじゃないけど、大企業のトップの愚痴とは思えない。せいぜい係長クラスの愚痴に聞こえるよ』

おかげで結城は、薬王寺の存在さえ、愚痴の炎で一気に焼き払われたように思えた。

『けど、ここまで言いきってくれると、気持ちがいいな。陰口って感じもしなくて、本当に愚痴!! しかも、言ったらスッキリして、翌日には忘れちゃうっていうんだから、やっぱり大物だよな。すごいよ、鷹栖さま』

「結城さん、よろしいですか。五番テーブルで、お客様がお呼びです。俺じゃ全然物足りないそうです。来るときに、今度こそ好きなボトルを持ってくるようにと、おっしゃってました」

それこそ憔悴《しょうすい》しきった瑛から声がかかるまで、その存在をすっかり忘れていたほどだった。

思い出したとたんに、気分が悪くなる。

「なら、上手く言って、空いてる人間を回しといて。まだ、動けないから」

結城は戻るのが嫌で、薬王寺からの指名を断った。

「え？」

「よろしく」

こんなときばかり、クラウンのオープンからいるという地位と威厳を見せつける。

「あ、はい。わかりました」

そうとしか言えずに立ち去る瑛の顔が、更に憔悴を増していく。

「どうしたの？　行ってもいいよ。俺に遠慮するなって、昔から言ってるだろう」

「いえ、そういうわけじゃないです。ちょっと…」

「え？　まさか、指名拒否？　結城くんがそれをするの？」

こんな姿を見せたことがなかっただけに、鷹栖はひどく驚いていた。

このままでは、鷹栖の意識がフロアに向かいかねない。

いったいどんな客だよと、自ら相手を確かめに行きかねない。

結城は、すぐに席を立とうとした。

「すみま…せん。やっぱり、行ってきます。俺が、わがままでした」

「待って」

しかし、そんな結城の腕を鷹栖が摑んだ。

「いいよ、もう少しここにいなよ。誰だって相性の悪い相手はいるもんだし。そうでなくとも結城くんは、滅多なことじゃ音《ね》を上げないんだから、たまにはありだよ。他にもスタッフは大勢いるんだから、任せて様子を見なって。東もそう言うはずだから。ね」

「――……っ」

不安そうな顔を隠せない結城を座らせ、フフンと笑う。

「じゃ。とりあえず、余分にロマネコンティの一本でも入れておこうか」

こんなところは、薬王寺も鷹栖も共通しているのだろうか？

思えば、東もこんなだったか？

鷹栖はメニューの中でも一本百五十万と最高ランクの値が付いているワインをオーダーすると、指名拒否を応援する以上に、結城の度肝を抜いてきた。

「え、ええ!?」

「ナンバーワンを席に拘束するんだから、それぐらいのパフォーマンスはしておかないと。それに、ボトルキープで指名かけてくるようなタイプを黙らせるには、これが一番だからさ。せいぜい表で騒いでもらって」

「鷹栖さま…。でも、なんか、それって挑戦的じゃないですか？」

「挑戦だよ。決まってるだろう。東の留守中に結城くんを苛めるような客なんか、クラウンの客じゃない。どうせつい最近から来始めた客だろう？　しかも、そこそこ羽振りのいい男性客。適度に男前ってとこ？」

結城が拒んだ客の様子まで、鷹栖はサラリと言い当ててきた。

「っ――――。どうして、そこまでわかっちゃうんですか？」

「気に入ったホストの好みも把握してない遊び方。傲慢が見え隠れする態度。後は結城くんが女性客相手に、泣きそうな顔して接客拒否をすることはないだろうと思ったから」

伊達《だて》に遊びのプロではない。鷹栖はフロアには背を向けたままの席だというのに、ホスト同士の簡単なやり取りと、熟知している結城の性格だけで、結城と薬王寺の関係を見抜いてきた。

「なんか、気が引き締まってきました」

結城は、久しぶりに武者震いをした。

「だろ。俺、こういう鼻はよく利くんだ」

鷹栖の好意に甘えて、仕事に背を向けている場合ではない。公私の隔てもさることながら、今夜は力量を試されている。仕事に対しての責任や意欲を試されている気がして、曲がりかけた背筋をピンと伸ばした。

「やっぱり、行ってきます」

「え？」

「なんか、簡単に避けたり逃げたりするのって、卑怯だと思って。もう一度だけ当たって、それでもだめなら、俺では無理なので呼ばないでくださいって言ったほうが、スッキリするし」

「そこまで言っちゃっていい相手なの？」

「いいか悪いかの判断は、スタッフ一人一人に任せられてます。どんなにお客様が神様であったとしても、接客と媚び諂《へつら》うことは別だっていうのが、オーナーの持論です。だから、相手が単にホストを見下したいだけなんだなって感じたら、その段階でお客様としては認めません。東　明の店は、必要最低限、客を選べる店です。そのグレードを下げるわけにはいきませんから」

自信に満ちた結城の姿に、鷹栖はホッとしたように笑ってみせる。

「そう。なら、頑張れ。ただし、逃げるが勝ちって言葉もあるんだから、よっぽど空気が悪くなりそうだったら、ここに戻っておいで。俺はいつでも歓迎するから」

「ありがとうございます」

結城は勢いよく席を立つと、ＶＩＰルームからメインフロアに回って、薬王寺の席へと戻った。

「お待たせしました」

結城が空けた間に、瑛と何を話していたのかはわからないが、テーブルには未だにビールとつまみだけが置かれている。ボトルキープはされていない。

「手ぶらでこいとは言わなかったはずだが」

「まだ、待っていただけているのかどうか、確認してからにしようと思いまして」

結城はどうしようか悩んだ。選ぶボトル一本で、おそらく薬王寺は結城のレベルを見てくる。ボトルの価格もさることながら、酒の種類、銘柄、場合によっては年代までを含め、客への観察力と趣味の良し悪しさえ計ってくる。

「細かい奴だな。待てなくなったら、帰るだけだ。覚えておけ」

「わかりました」

店がハウスボトルにしているものは、あるにはある。だが、値段が手頃すぎて、薬王寺にはどうだろうかと思う。かといって、高額ならばいいというわけでもなく、ある程度のランクの酒にしても、種類は多種多様だ。

結城は、いっそボトルではなく、高級な酒をあえてショットでもらうか、とも考えた。

だが、未だに薬王寺がビールを飲んでいるところをみると、今度は出てきたボトルを彼も一緒に飲むだろうと考えると、好みが合えばいいが合わなかったら最悪だとも思う。

「――――では、お言葉に甘えてシャンパンをいただいていいですか？」

結局、結城は迷いに迷って、無難な酒を選んだ。

会話がさっきの延長になるなら、自分がここに長居することはない。

そうなったら、二人でも飲み切れて無駄がなく、味も価格も薬王寺には一番当たり障りがないものをと思い、結城は王道とも言えるドンペリニヨン・ロゼを頼むことにした。

「ああ」

傍にいたスタッフに指示を出すと、自分は動かず、薬王寺と向かい合い続けた。

通常ならば派手なドンペリコールがかかるところだが、それはせずにコルクの音も意識して控えめになるよう抜栓した。

それでもポンと、心地よい音が響く。

二人は、再びグラスを傾け合った。

「次に繋げる気はゼロだな」

「なんのことです？」

「あえてこの場で飲み切れるものを選ぶっていうのは、そういうことじゃないのか？」

「いえ。好きなものをと言われたので、お言葉に甘えただけですが」

やはり薬王寺は目ざとい。選んだボトルの意味を見事に見抜かれ、結城は笑うしかなかった。

「数日前に浴びるほど飲んだくせして、飽きてないのか？」

「――――？」

シャンパングラスが空になりそうになると、ボトルを手にする薬王寺に、結城はまた新たに驚かされた。

「あの日はお前の誕生日だったらしいな。邪魔して悪かった」

「…、いえ。大丈夫です。お気遣いなく」

グラスにキラキラと輝くシャンパンが注がれる。

『なんか、ここぞってときに謝られると、調子が狂うな』

言葉に詰まって、注がれたシャンパンを口に含む。

『あれ、ロゼって、こんなに甘かったっけ？』

ふと、不思議に思って、結城は薬王寺を見た。

「それよりこのロゼ、妙に甘くありませんか？　俺の勘違いだといいんですけど」

「すごい口説き文句があったもんだな。そう言われると、普段より甘く感じてくる。味覚は感情に左右されるときがあるからな。そのせいかもしれないが」

「――――っ」

味が違うと言い出される前に、気を遣ったつもりだったのだが、結城はここでも想定外の返しを食らってカッとなった。

不覚にも、ドキリとしてしまった。

「失礼しました。いつもとまったく変わりません。むしろ辛《から》いぐらいでした」

心なしか、指先が震えた。

「俺のは、甘いままだが」

「真顔で冗談言うのは、やめてください。顔に書いてありますよ。この手は使える。今度銀座《ぎんざ》で試してみようって」

結城はグラスの中身を一気に煽ると、身体の火照《ほて》りも、胸の高鳴りも、すべて酔いのせいにしてしまおうと思った。

「よくわかったな。そのとおりだ」

「わかりますよ、これぐらい。それより、ここからオーナーの目線でお店を見られて、どうでしたか？　何かわかりましたか？　それとも瑛との話に夢中で、見る暇もなかったですか？」

一人で焦ったところで、薬王寺のペースは崩れない。これでは、先ほどの二の舞だ。

結城は、三杯目を注いでくれる薬王寺に向けて、堂々と話を切り替えた。

「見るには、見たが。さすがに一時間やそこらじゃ、何もわからない」

「それは、何時間かけたところで、無理だと思いますよ。薬王寺さんの視点は、管理者ですから。本気で見つけたいと思っているなら、プレイヤーの視点で見ないと」

「プレイヤー？」

「現場で動くホストのことです。オーナーはオーナーでありマネージャーの肩書で勤めてきましたが、基本はプレイヤーです。それも、この界隈でも五指に入る名プレイヤーだったと言いきれます。なので、そこに徹した目線でなければ、一番大事なものなど見えてきません。ましてや命がけで守ってるものですからね。上から見ているだけでは、絶対にわからないと思います」

ここに来るまでに用意していた台詞を並べた。

「親切なのか、嫌味なのか、ギリギリな意見だな」

「受け取り方は、お任せします。ただ、俺はどこまでもオーナーの知人であり、スタッフですから、薬王寺さんが個人的な恨みをオーナーに晴らしたいと思っている限り、相容《あいい》れない者だと思います。なので、お気持ちが変わらない限り、今後のご指名はお断りさせていただきます」

やっと全部言いきれてホッとした。

後はどうやって話を繋いでいくか、どんなタイミングで残りのシャンパンを飲み干してしまうか、後は何をきっかけに席を立つか、それを探り出していくだけだ。

「それは仕返しか？　お前、今夜は仕事に徹するとか言っておきながら、客を楽しませる気がまったくないな」

「当店のお客様は、悪意を持って店内を見たりしませ――――？」

と、急に何やら背後が、ざわつき始めた。結城は気を取られて、話を途切らせる。

「失礼します。結城さん。一番のお客様から、至急のメッセージです」

「至急？」

声をかけてきたスタッフが手にしていたのは、二つ折りのメモ。そして、年代物のロマネ・コンティ。結城は、こんなときに鷹栖が何を仕掛けてきたのかと思うと、ドキドキしながら、受け取ったメモを開いた。

『ごめん。急な仕事が入った。今夜は帰るけど、次はこれで乾杯しようね。キープしといて…か』

すぐに、そういうことかと納得して、緊張を解いた。

『鷹栖さまらしい援護射撃だな。本来なら、他のお客様の前で、こんな当てつけがましいことなんか、絶対にしないのに』

次に会ったら、なんてお礼を言おう。ありがとうございましたと言う他に、何ができるだろう。

結城は読み終えたメモをスタッフ預けると、新たに指示を出した。

「それ、次までキープ。奥に戻しといて」

「わかりました。お楽しみ中のところ、失礼しました」

スタッフは、誰もが高価だとわかるボトルを大事そうに持って、カウンターへ戻っていく。

「なんだ。似非笑い以外もできるんだな」

周囲の視線がボトルと共に逸れると、薬王寺はポツリと言った。

「？」

「美人は怒ると映えるが、それでも笑顔に勝るものはない。俺はよっぽどお前を怒らせているらしいな」

言葉の意味が、わからない。

結城は、グラスを手にしたまま中身を揺らす薬王寺に、首を傾げた。

「――とはいえ、ここまでストレートに感情をぶつけられ、叱られ、悪意を前面に出されたのは、久しぶりかもしれない。ちょっと懐かしい気がする。東明が羨ましい限りだ。だから、余計に憎く思えるのかもしれないが」

これまでとは、流れが違う。

結城は、薬王寺の意図を確認する意味も含めて、その名を呼んだ。

「薬王寺さん？」

「お前。そういえば、東明が家を出た理由を知ってるのか？」

すると、薬王寺は逆に結城に質問してきた。

「いえ…、そこまでは」

手中で揺れるシャンパングラスは、薬王寺の心情？

それとも、結城の心情？

結城は薬王寺が何を言おうとしているのか、また何が言いたいのか、全身で聞き入った。

「東明は、親父と喧嘩して、家を飛び出したんだ。喧嘩の理由はたった一つ。親父が骨髄移植の

ドナー登録をしていながら、いざ要請があったときに断ったから。それだけだ」

「っ！」

そんな偶然があるんだろうか――――結城は率直に思った。

「お前がさっき言ったとおり、時代はバブルの崩壊後。ジャンルを問わず、企業は生き残りをかけて、どこも必死だった。リストラ、減給、減俸は当たり前。親父も会社と社員とその家族を守るために毎日頑張っていた。そんな中、ドナーになることで、自分が一定期間拘束されることは、会社を今以上に揺るがしかねない危険があった。だから親父は断る決断をした。俺は、それが間違いだったと思ったことはない。今でも、正しい選択だと思う」

それは、結城にとっては、初めて耳にする話だった。

「でも、東明にはそれが許せなかったんだな。誰より親父を尊敬し、人命を重んじる姿勢と仕事に共感していたし。そのために、医学や薬学、経済学や経営学を学んで、親父の後を追うように東都製薬に入ったぐらいだから、思いが強い分だけ反動もデカかったんだろう。見た目は軟派だが、根は真面目な男だし。こうと思ったら曲げないところがあったからな、俺と違って」

薬王寺は、グラスの中で揺れ続けるシャンパンを見つめて、他人事のように話し続けた。

「だが、だとしても、東明が取った行動は、親父や会社に打撃を与えた。あまりに強烈すぎて、親父のほうが倒れたよ。こんなことならドナーになって拘束されたほうが、よっぽどよかったのにな。皮肉なもので、人生やタイミングなんて、いつもそんなものだ」

もう遠い話。昔話でも語るように、静かに、そして穏やかに、淡々と当時のことを結城に聞かせてくる。

「俺は、そんな親父が見ていられなかったから、勤めて間もない職場を辞めて、親父を支えることを選んだ。まったく畑違いなところにいたから、初めは途方に暮れたもんだったが、夢中で働いた。俺はこの十何年、仕事にかかわること以外に、時間を使ったことはない。やっと余裕が出てきたのは、つい最近ってぐらいだ」

その口調は、薬王寺自身の話になっても、変わることがなかった。

だが、あまりに淡々としている彼の口調が、結城にはかえって胸に詰まった。

「自分が決めたことだから、後悔はしていない。だが、それでも親父は東明のことを、諦めきれずにいた。周りの手前、あえて探そうとはしていなかったみたいだが、偶然見つけ出したときには、満面の笑みだった」

いっそ、もっと感情的になってくれれば、言葉のかけようもあるだろうに。

怒りに任せて、グラスの一つでも割ってくれたほうが、慰めようもあるだろうに。

薬王寺は、それさえ不要だと言いたげに、顔色も口調も変えてはくれない。

「一人の父親に戻れれば、嬉しかったのか、男泣きもしてた。だが、ようやく和解できた東明は、白血病で倒れて、再び親父を悲嘆させた。こういうのも何かの因縁なんだろうが、親父は身をもってあのとき東明が何を言いたかったのか、患者の身内になることで知ったんだ」

一言一言吐き出すたびに、結城の胸を痛ませる。

「それでも東明は、日頃の行いがよかったせいか、それとも生まれ持った運が強いのか、すぐにドナーに巡り合えて、治療に専念できた。今はまだ退院の目処はつかないが、あれだけの悪運の持ち主だ。きっとそのうちケロッとした顔で出てくるんだろうな、人の気も知らないで」

だが、たった一言だけ、力が入った。

『人の気も知らないで――か』

それはどんな言葉より、薬王寺の本心を表したものだ。本音なのだろうと、結城は感じた。

「こういう経緯だからな。こう言えば、またお前の目が吊り上がるんだろうが、俺にはお前の言うプレイヤー心理は一生理解できないし、したいとも思えない。俺には、ただの遊び人心理としか、受け止められないからな」

そして、その言葉をきっかけに、薬王寺の口調に変化が現れた。

揺れ惑うシャンパンにも似た心情が、声色にも現れ始める。

「とはいえ、目線を同じくできないとなると、目的を果たすには、目の前のスタッフを懐柔するか、脅迫するか。いっそ面倒だから、手当たり次第ぶっ壊していくか。いずれにしても、すぐにやり方を変えないと、目的は達成できそうにない」

揺れていたグラスがピタリと止まると、薬王寺は結城を見据えてきた。

「いっそ、あのときの東明と同じことをしてやるか。そのほうが、お前にも卑怯だと言われなくて済むし、あくまでも身内同士の決別――いざこざ、個人のわがままで済むしな」

「なっ」

こんな話をされても、困る。こんな本心、知りたくない。

結城の心臓は、張り裂けるかと思うぐらい痛くなった。

「どうだ、お前。俺が会社を辞めたら、旅行にでも付き合うか？　お前ぐらいズケズケと物を言う奴なら、会話も弾むだろう。一緒にいても飽きそうにないからな」

「薬王寺さんっ」

どうしよう。結城には、それしか浮かばない。

「――本気にするな。そんなこと、するわけがないだろう」

フッと笑われ、生きた心地がする。

だが、笑いに救われたのは結城だけで、薬王寺の苦痛は増しただけだろう。憎しみさえ通り越してしまうような虚しさや切なさも増すばかりで、何一つ減りはしないだろう。

「今更そんなことをしたって、俺の時間は戻らない。手放した仕事も夢も取り戻せない。ましてや、多少なりとも俺を信じてついてきた部下たちがいるのに、こんな理由じゃ裏切れない。俺は東明とは違う生きものだからな」

結城は、渇いた喉をシャンパンで潤す薬王寺に、微かな望みを託して問いかけた。

「このお話、ご家族には…？」

「家族どころか口にしたのも初めてだ。そもそも俺は人一倍、家族思いでとおってる男だし、男は愚痴をこぼさないものだと思っていた。この瞬間までな」

返ってきたのは、想像以上に過酷な答えだった。

「そうですか」

そうとしか答えられない自分が情けなくて、仕方がなかった。

これでは何一つ問題が解決しないどころか、薬王寺の傷を抉《えぐ》っただけだ。

それも古傷ではない、今も尚、癒えずに燻り続けているだろう、心の傷だ。

『何してるんだろう、俺』

結城は感情のままに、グラスの中身を飲み干した。

「でもま、言いたいことを言ったら、案外スッキリするもんだ。お前の接客がいいからだとは思わないが、物怖じしないところは悪くない。顔に似合わず乱暴だが、聞く耳ぐらいは持っている。上辺だけの接客をされるよりは、気持ちがいい」

ただ、今夜の話が、まったく無駄だったのかといえば、そうではなかったようで。結城は薬王寺から、これはこれで感謝なのだろうと思える言葉を向けられ、笑い返すことができた。

「ありがとうございます。褒められた気はしませんが」

決して似非笑いではない、心からの微笑を、ようやく浮かべることができた。

「ふっ。これだもんな」

薬王寺は、空になった結城のグラスを見ると、シャンパン・ボトルを手に取った。

残りがわずかになっているのに気づくと、それをすべて結城のグラスに注ぎ込んだ。

「同じのでいいか？　それとも、別のを頼むか？」

「あ、いえ――」

結城はどう答えようか迷った。

今度こそボトルを頼もうか、それとももう一本同じものをもらおうか。不思議なことに、先ほどのように、銘柄がどうとかは気にならない。迷っているのは、このまま話し続けていいものか、そしてそれはどれぐらいの時間許されるものなのか、そんなことばかりだ。

「頼まないなら、今夜はここまでにする。しめてくれ」

薬王寺は、結城が答えに迷ううちに、手にしたボトルをテーブルへ置いた。

ここでなんらかのアプローチをしなければ、薬王寺との次はない。今後彼からの指名は受けないと言ったのは、結城自身だ。

「――はい。わかりました」

結城は、さんざん迷った挙句に、会計に立った。

『馬鹿だな。迷うこと自体がどうかしてる。あの男に、相容れないと言ったのは俺だ。なのに、今更どうしようっていうんだ。俺が大事なのはオーナーだ。守りたいのは、何も知らずにいる鷹栖さまだ。それだけだ』

薬王寺が支払いを済ませると、彼を送って店の前まで出た。

「本日はありがとうございました」

本当なら「またお越しくださいね」と、続くはずの言葉が出ない。

薬王寺に取ってつけたような言葉はいらない。心からそう思っていないなら、かえって失礼に当たるだけだ。結城は、深々と頭を下げて、彼を賑《にぎ》わう街の中へ見送ることしかできなかった。

「ああ。ところで、お前」

「なんでしょうか？」

「俺が東明への恨みを晴らそうとしている限り、次から指名は受けないと言ったが。お前が今後も俺の愚痴を聞き続けるなら、考え方を変えてやらないこともないぞ」

それは、心情を見抜かれているかのような、薬王寺からの申し出だった。

「――――っ」

結城は、今夜は最後まで薬王寺に驚かされて、やっぱり言葉が出なかった。

「じゃあ、またな」

ただ、前回聞いた「またな」と、たった今聞いた「またな」は、同じ言葉のはずなのに、まるで違った。今夜の「またな」は結城にとって、素直に受け止められて、嬉しいものだった。

「はい――――。それでは、また」

立ち去る後ろ姿にではあったが、結城も同じ言葉を返すことができた。

『目的を果たすのが難しいと判断したから、気持ちを切り替えたんだろうか？』

深夜の歌舞伎町に消えていく男の後ろ姿を見つめると、結城は視界から姿が消えるまで、その場に立っていた。

『いや、違うか。あの男は自分で口にしてみて、気づいたんだ。どんなにオーナーに恨みがあっても、一番の仕返しが自分にはできない。今更会社を放り出して、その尻拭いを回復したオーナーにさせられるのか？　っていえば、そんなことはできない』

すでに零時は回っている。

薬王寺はこれから寝支度を整え、明日は何時に起きるのだろう？

何時間眠れるのだろう？

『だから、自然にオーナーにとって一番大事なものを壊すことで、憂さを晴らそうとした。でも、そんなことをしたところで、自分が仕事に費やしてきた時間を、取り戻せるわけじゃない。今から、昔の職場に戻れるわけでもない』

結城は、視界から完全に薬王寺の姿が消えると、店の中へ入っていった。

店内には活気が溢れ、まだまだ夜通しで騒ぐ勢いの客が、数多く残っている。

『あの男にとっては、半端な復讐にしかならないから、もうどうでもいいかみたいな気持ちが生まれたんだ。だったらこれまで溜まってた愚痴を吐き出すことで、自分自身を楽にするかって、気持ちが芽生えたんだ』

薬王寺が帰るのを待っていたかのように、指名をしてきた客のもとに着くと、結城はその後、朝まで飲み明かした。表のネオンが消えるまで、他愛もない話で、盛り上がり続けた。

『手放した仕事、夢。それって、どんなものだったんだろう？』

薬王寺は、次はいつ来るのだろうか？

本当に来るのだろうか？

そんなことを、一晩中思いながら――――。

4

入口のベルが鳴るたびに振り返るのは当然として、結城が店に訪れる常連客を見るたびに『違ったか』という表情を覗かせるようになって、三日目のことだった。

「いらっしゃいませ」

『来た――――』

薬王寺は自分で口にしたとおり、店に訪れた。そして、当たり前のように結城を指名してきた。

「いらっしゃいませ。お飲み物はどうなさいますか？」

結城は薬王寺が来たことで、彼の思いがこれまでとは変わる、東への憎しみが薄れていくことが期待できて、まずはそれが嬉しかった。

「最初はビールで。後はお前に任せる。好きに持ってきてくれ」

薬王寺のオーダーの仕方は、前回とまったく変わらなかった。選んだ席も同じ五番で、どうやら愚痴といっても小部屋にこもって、秘密裏にぶちまけるような内容ではないらしい。

「特に苦手なものはございますか？」

結城は、薬王寺が抱いているだろう不満やストレスをすべて受け止める覚悟で、オーダーを受けた。

誰に対しても一貫しているサービスで、そして笑顔で、精いっぱい接客にあたった。

「別に。どちらかといえば、笊《ざる》だ。外で酔い潰れたことはないから、なんでも持ってこい。ウォッカでもテキーラでもストレートでいけるクチだからな」

「わかりました。では、ただいまお持ちします」

そうして薬王寺に言われて結城がビールの後に選んだものは、オリジナル・ボトルに入った〝GOLD CROWN〟というスコッチだった。文字どおり、王冠をモチーフにした金色のラベルが貼られたこの酒は、この店のオリジナル。価格は三万円と、クラウンではかなり手頃なほうだったが、結城は自分が好きな酒、味として、あえてこれを選んだ。

「こちらでいかがでしょうか？」

おそらく薬王寺ならば、一本数十万円のボトルであっても、すんなりOKを出すだろう。だが、彼が「ウォッカでもテキーラでも」と口にした段階で、銘柄や価格には、さしてこだわらないほうだと感じた。その上、何をどれほど飲んでも、酔い潰れないと言いきる酒豪ならば、気取って高価な酒を飲むより、手頃な価格で騒げるほうがいいような気がしたのだ。

「スコッチ？　遠慮しないで、ロマネコンティでもいいんだぞ」

「遠慮はしてません。こちらは当店のハウスボトルで、スコッチの十三年物になります。オーナーの知り合いが造っているものを、直接卸《おろ》していただいているので、価格としては手頃なんですが――――とても飲み口がいいのが特徴です。自分も好きなので、ストレートで飲まれる方には、特にお勧めしてます」

「そうか。なら、いいが」

「はい。ありがとうございます」

薬王寺が説明に納得すると、結城は〝GOLD　CROWN〟の封を切った。

初めのいがみ合いが嘘のような、やり取りだった。

カウンターでは孝信や常連客たちがホッとし、フロアに出ていた湊と瑛は胸を撫で下ろし、クラウンに突如として起こった〝薬王寺稔明騒動〟は、結城の努力の甲斐もあり、早めに解決したかに思えた。東に相談する必要もなく、スタッフだけで乗り切れたと安堵した。

が、しかし——新たな問題が起こったのは、このときからだった。

「じゃあ、改めて」

「乾杯」

薬王寺は、これまでの憂さを晴らさんばかりに、結城に愚痴をこぼした。

結城はそれを聞くことに徹しながらも、意見を求められれば、思ったまま、感じたままに答えた。と同時に、薬王寺のほうから東のことを聞かれれば、結城は自分が知る限り話して聞かせ、二人の空白時間を埋めるべく努力もしていたのだが——。

「結城さん、ご指名です」

「あ、うん」

二人の会話は、必ず同じ理由で、中断された。薬王寺の愚痴にしても、結城が語る東の話にしても、一つの話が途切れることなく終わるということが、一度もなかったのだ。

「すみません。せっかくいらしていただいたのに、何度も立ったり座ったりして」

「別に、構わないさ。それがお前の仕事だろう」

「ありがとうございます。そう言っていただけると、助かります」

そしてそれは、和解し合ってから最初の日のみならず、次に来たときも、またその次に来たときも同様だった。

「いらっしゃいませ、稔明さん」

「ああ。今夜こそ、話の途中でいなくなるなよ」

「――そうできると、いいんですけどね」

気がつけば週に一度は足を運んでいた薬王寺だが、週末が忙しいのかと思えば、週明けにしてみたり。それでもだめなら、思い切って週のど真ん中にも来ていたのだが、曜日をずらそうが、時間をずらそうが、結局いつ来ても結城は売れっ子ホスト。話はぶつ切りという状態は変わらず、薬王寺は、初回はともかく、どうして二回目に訪れたときに、あれだけの話ができたのか、不思議に思えてくる――と、愚痴ったほどだった。

「結城さん、十二番にお客様です」

「少し、待っててもらって」

「今夜は長居できないと、おっしゃってましたが」

「わかった。なら、今行く」

『またか』

今となっては、あの日だけに奇跡が起こったのか？　と。

「すみません。少し行ってきます」

「ああ」

もっとも、そこは周りが気を遣っていた。話の決着がつくまではそっとしておこう、声をかけないでおこうと、あえてフロアにいた鷹栖以外の客たちが、結城を指名しなかっただけなのだが——、そんなことまでは考えつきもしなかったので、薬王寺はいつ来ても話の腰を折られた。

いつの間にか、結城の常連客からライバル視されていたことにも気がつかず、結城を指名されるたびに、一人で不貞腐れて、飲みに走った。

「稔明さん。俺でよろしければ、結城の代わりにお話を聞かせてくれませんか。オーナーのこともお話できますし」

これではまずいと意を決し、以前に席に着いたことがある瑛が、気を利かせたりもするのだが、

「お前の話は、すべてにおいてつまらない。いいから気にするな。俺は一人で飲むから」

「——……わかりました」

悪気はないのだろうが、一刀両断《いっとうりょうだん》。薬王寺は、入店以来ナンバースリーから落ちたことがない若手の売れっ子ホスト・瑛を、カウンターの陰にしゃがみ込ませて、使いものにならなくした。

『あ、あーあ。稔明さんってば、本当に容赦がないんだから』

結城は、これではかえって薬王寺がイライラし、ストレスが溜まるのではと心配になった。

『別に愚痴るだけなら、俺でなくてもいいと思うんだけど。気持ちのどこかで、男が愚痴るなんて恥だとか、恥ずかしいことだと思ってるから、それを晒す相手を増やしたくないんだろうけどさ…』

いっそ店ではなく、表でゆっくり話をする時間をつくるかとも考えたが、それは結城自身が接客ルールの一つとしている〝店の外では客に会わない〟ということに反してしまう。しかも、薬王寺とて客として訪れ、ホストである結城を求める限り、店でしか会うつもりはないだろう。どんなに東という共通点があったとしても、二人は知人や友人ではない。あくまでも二人は、客とホストだ。それを確信させるように、薬王寺は一度として結城を表に誘ったこともない。同伴出勤もアフターも口にしたことがなかったので、結城はこの状況の中で、どうやってまとまった接客時間をつくろうか、日々考えていた。

「お待たせしました、稔明さん。本当にいつもすみません」

「いや。気にするな。伊達にナンバーワンの看板は、背負ってないってことだろう。いいことじゃないか、お前にとっては」

『あ、お前ってところに力が入った。卑屈になってる。怒ってる。たまには俺からつまみの一つもサービスしておこうかな。なんだかんだ言って、通ってくれてるし。今や薬王寺さんから、稔明さんって呼べるまでになってるし。そこそこ砕けた会話も、できるようになってきたしな』

しかし、このままではまずい。何か方法を考えなければと思った矢先に、事は起こった。

それは、すっかり梅雨も明け、七月も終わりに近づいたある日のことだった。

「東の馬鹿野郎っ。いったいいつまで、店を他人任せにしとくんだよぉ。俺を放っとくんだよ、ふざけやがってっ。浮気するぞ、もう!!」

「落ち着いて。落ち着いてください、鷹栖さまっ」

「誰が三十過ぎて、一人遊びなんかしたいもんかっ。お前もそう思うだろう？　もう、他にセフレを見つけてやろうかな」

「――――っっっ。とりあえず、乾杯し直しましょうか、鷹栖さま。俺、なんか今夜は飲みたい気分です。朝までいきましょう、朝まで」

この日、結城は、かつてないほど飲みに走り泥酔状態に陥った鷹栖から目が離せず、ＶＩＰルームにこもりきりになっていた。

「接客中で、席に来られないって、どういうことだ？」

その日に限って、薬王寺は他で飲んでから、店を訪れた。

余程嫌な接待でもしてきたのか、酔っているふうではないが、かなり機嫌が悪い。

そこへ持ってきて、気を利かせたつもりで新人のスタッフが、うっかりしたことを言ったものだから、目つきは瞬時に鋭くなった。

「すみません。申し訳ありません。ただいま結城は、どうしても手が離せないもので」

慌てて瑛がフォローに入りはしたが、薬王寺の不機嫌が直ることはない。

「ほ～。どんなときでも俺のところからは席を立つのに、なんで俺が呼んだときには来られないんだ？　あいつは俺を馬鹿にしてるのか？　それとも差別か？」

「そっ、そんなことは、ございません。ちょっと、お客様が酔われてしまって…。それで」

「客が酔った？　もしかして、いつかのロマネコンティか？　フロアにいないってことは、ＶＩＰだよな？」

しかも、どんなに気分を害していても、薬王寺の勘は野生の獣のようだった。

「え――――!?」

瑛に〝恋する女の勘よりすごいかも〟と思わせるぐらい、鋭かった。

「そうらしいな。だったら俺にも同じものを持ってこい。ただし、二本。いや、ありったけ。今すぐここに並べて、結城を呼べ！」

思わず胸中で悲鳴が上がる。

『たっ、助けて、オーナー。クラウン始まって以来、超最悪な事態ですぅ!!』

「早くしろ」

「はいっ、ただいま」

それでも瑛は仕方なく、薬王寺に言われるままストックしてあったロマネコンティ二本をテーブルに運んだ。周囲が騒然とする中、結城のほうには湊を走らせ、「ちょっとでもいいから顔を出せないものか」と、声をかけさせた。

「――――は!? フロアの客が結城を呼んでる？ ロマネコンティ二本!? 何、その客。俺に喧嘩売ってんの？ 上等じゃないか。だったらこっちには、コニャック・フェランの一八〇六年を持ってこい。確か店の金庫に隠してあるはずだ。以前、知り合いから二百八十万で譲ってもらった、今は寝かして、二百年ものにしてから飲むんだって、東が言ってたからな。それを店値に直していいから、持ってこい」

火に油を注ぐだけだった。

『そっ、そんな、ナポレオンの亡霊が憑《つ》いてそうなビンテージものを勝手に開けたら、こっちがぶっ殺されるって』

　湊は顔が引き攣るばかりだった。

「は・や・く」

　薬王寺にしても鷹栖にしても、普段、物分かりのいい客に徹している分、一度壊れると、手に負えない。散財するにも、ほどがある。こうなると、どんなわがままな女性客より迷惑だ。

「いや、でも、社長。あれはオーナーの私物ですし、店ではちょっと」

「東のものは俺のもの、俺のものは俺のもの。こんなこと今更言わすなよ、湊。お前、何年クラウンでホストやってんだよ!!」

「申し訳ありません！　でも…」

「でも!?　でもってなんだよ、でもって」

　それにしたって、ここまで見境なく大トラと化している鷹栖を見るのは初めてで、さすがに湊も瑛同様、東に助けを求めたくなってきた。

　カウンターから出てこようともしない孝信が、何やら憎い。

「湊、逆らうなっ。いいから金庫からフェランを持ってこい。多分、取ってくるまでには、沈没しちゃうから。最悪、開けることになったときには、俺がオーナーに土下座するから」

　結城は、自分の支えなしには座っていられない鷹栖を抱いて、小声で湊に指示を出した。

「う～んっ。怒鳴ったら頭痛くなってきた。結城～っ。頭さすって～。お前まで、俺の前からいなくなるのは、なしだからな～」

言ってる傍から意味不明なことを言い始め、鷹栖がうつらうつらとしてくる。

「湊、早く」

「わかった」

湊がいったんボトルを取りに部屋を出る。と、鷹栖は結城が予想したとおり、そのまま結城に身を預けて、寝息を立て始めた。寝顔は天使とはよく言ったものだが、口さえ閉じてしまえば、鷹栖は天使どころか神話に出てきそうな美青年だ。

『お前まで、いなくなるのはなし…か。そんなことを口にするなんて、そうとう寂しいんだろうな』

結城は鷹栖の身体を支える腕に力を込めると、胸が痛くなってきた。

あとどれぐらい、この偽りは続くのか。そう思うと、一日でも早く、東には元気になって帰ってきてほしい。鷹栖を笑顔に戻してほしいと、思わずにはいられなかった。

「何がコニャック・フェランの一八〇六年だ。ふざけやがって。結城！　いったいお前の客はどういうつもり――――っ」

だが、いきなり部屋の入口から声をかけられると、結城は背筋がゾクリとした。

「稔明さん」

『見られた⁉』

結城は鷹栖の顔を隠すようにきつく抱き締めたが、一瞬のことで判断ができない。彼に鷹栖の正体がバレたか否かは、わからない。

「本当に取りこみ中のようだな。帰る。今夜の分は、明日のうちに必ず秘書に届けさせるから、会計だけよろしく頼む」

この場の状況を、また鷹栖のことをどう思ったのかはわからないが、薬王寺はプイと顔を背け、立ち去ってしまう。

「あ、稔明さんっ!!」

結城は、眠ってしまった鷹栖に「ごめんなさい」と声をかけ、そのまま席に寝かしつけて、薬王寺を追いかける。

「待って、待ってください」

足早に店を出ていく後ろ姿を追いかけて、結城はとにかく薬王寺に謝ろう、今夜の間の悪さと自分の接客の悪さを全部認めて、素直に謝ってしまおうと、夜の街中を走った。

「痛ぇな、気をつけろ!!」

すれ違いざまに、人とぶつかることもあった。

「ごめんなさい。すみません、急いでるので」

「なっ!」

「稔明さん」

しかし結城は、それさえ気に留めず、まばらに歩く人の波を掻《か》い潜《くぐ》り、店から百メートル程度走ったところで、薬王寺に追いついた。

「稔明さん、待って!!」

腕を摑むと彼の前に回り込み、声を発すると同時に頭を下げる。

「すみません。今夜は本当にごめんなさい」

しかし、

「奴も俺同様、浮いた話がない男だなとは思っていたが、まさかこんなところでホストに入れ揚げてたとは、思わなかった。そういや、この辺りを秘書がウロウロしていたことがあるとは聞いたことがあったが。ようは、お前のところにせっせと通っていた奴の送迎でもしてたってことか。秘書も可哀想にな」

薬王寺は、初めて出会った日のような冷めた口調で、信じられないことを言ってきた。

「稔明さん?」

嘘――――。心で呟きながら、結城は不安げに薬王寺の顔を見上げた。

好奇とも、嘲笑ともいえる目が、真っ直ぐ結城に向けられている。

「それで鷹栖は、いつから通ってるんだ?　一晩で何百万も落としていく客とホストっていうのは、どういう関係なんだ?」

だが、その目は確かに結城を映しているのに、ちゃんと見ていないような気がした。

見てはいるが、決して見えてはいないように思えた。

「いや、そんなわかりきったことを聞いても仕方がないか。聞くなら、あれだよな。お前と鷹栖、いったいどっちがタチで、どっちがネコなんだ?　どっちも組み敷かれそうなタイプのくせして、ベッドでのご主人様は鷹栖のほうなのか？　それとも意外にお前が主導権を…っ!!」

結城の利き手が勢いよく振り上がると、ざわめく街中にパン！　と、平手の音が響いた。

「ふざけるな!!　何度同じことを言わせれば気が済むんだよ。名誉毀損で訴えられたいか!!」

堪えきれず上がった罵声に、周囲の者たちが一斉に振り返る。日夜、至るところで争いが起こっているような街だけに、この程度のことなら珍しいとも思わないのだろう、足を止めたのは数名だ。

「何が名誉毀損だ。訴えられて困るのは俺じゃなくて、鷹栖じゃないのか。社長に就任して、まだ二ヶ月足らずだっていうのに。あいつも先が思いやられ…っ!!」

しかし、二度も立て続けに平手の音が響くと、振り返る者も、足を止めた者も、倍になった。

「彼は、俺の命の恩人だ!!　たとえ誰だろうと、侮辱することは許さない！」

何一つ事情も知らないような人々の目に、思わず涙がこぼれた結城は、どう映ったのだろう？

「他人の顔だと思って、何度叩けば気が済むんだ。ならいったい、お前の本命は誰なんだよ。東明か？　鷹栖か？　それとも別の男か？」

薬王寺の目には、どう映ったのだろう？

「いっ、いい加減にしろって言ってるだろう!!　愛し合ってるのは、オーナーと鷹栖さまであって、俺じゃない。俺は誰とも付き合ってないし、ましてや誰かに囲われてもいないよ!!」

結城はとうとう、感情のままに口走った。

「――――…、東明と鷹栖だ？」

『っ、しまった!!』

そう思ったときには遅かった。

氷のように冷たかった男の目が、一瞬にして変わった気がした。見えていなかった、見ようとしていなかった目が真実を知り、その驚きから激昂さえも鎮圧してしまう。

「じゃ、何か。まさか、東明が生還するって決めてるのは、鷹…」

「言うな!!」

結城は焦って両手を伸ばすと、薬王寺の口を塞いだ。

「――――」

いきなり手のひらが唇に触れたためか、薬王寺がビクリとする。

「今のことは、忘れてくれ。聞かなかったことにしてくれ。いや、聞かなかったことにしてください、お願いします。特に、鷹栖さま。鷹栖さまは、オーナーが倒れたことも、闘病中だってことも知らない。オーナーは今、旅に出てるって、そう信じて疑ってないんだから」

結城は一方的に言葉をぶつけて懇願するが、眉を顰めた薬王寺は、伸びた結城の両手首を摑むと、ギュッと握り締めてきた。

「っ…」

思いがけない温もりと拘束が、袖から出たわずかな肌から伝わってくる。

不覚にも胸が、ドキンとした。結城の頬に、ポロリと涙が伝う。

「なんで、また？　付き合ってるんじゃないのかよ」

結城は、妙に高鳴る胸の鼓動を振り切るように、薬王寺の手を払った。

そして顔を背けて、話を続けた。

「付き合ってるよ…。ただし、ホストと客として」

「？」

摑まれた手首の片方を、もう片方の手で摑んだのは、無意識だったように思う。

「でも、どんな恋人や夫婦よりも固い絆で、ずっと…付き合い続けてきた。だから、オーナーは病気のことでも、嘘をついた。鷹栖さまのことが好きだから。愛してるから。万が一、自分が戻れなかったときに、鷹栖さまが悲しまないように。いずれ他の人を愛せるように。消えたホストのことなんか忘れて、次の恋ができるようにって、だから！」

今はこの偽りを守る。結城には、そのこと以外は考えられず、後から後からこぼれる涙さえ、拭えない。

「もういい。すまなかった。それ以上は…、言わなくてもいい。俺が悪かった」

余裕のない結城に、薬王寺は両腕を摑んで「少し落ち着け」と言ってきた。

「っ…？」

「誰にも言わない。鷹栖に会うことがあっても、この話はしないから心配するな」

結城がもっとも欲しがっていただろう、安心も与えてきた。

しかし、薬王寺はそれらだけではなく、予期せぬものまで結城に寄こした。

「それに、たった今わかった。俺は、お前がフリーなら、それでいいんだ。それ以外は気にならな

ない。東明のことも、鷹栖のことも、本当にどうでもいいんだ」

結城の両腕を摑んだままの姿勢で顔を近づけてくると、唇に唇を押し当ててきた。

「――――っ!!」

薬王寺の唇が触れた瞬間、結城は全身に、周囲からの視線が刺さったような衝撃を感じた。

「お前が、好きだ」

それが離れて尚、心臓が射抜かれたような、強い痛みも覚えた。

「俺は、お前が好きなんだ。ただ、それだけなんだ」

摑まれた腕を引かれ、力の限り抱き締められる。

「愛してる。俺はお前を、愛してる」

ノリの効いたワイシャツの襟が頰に当たると、結城は頰を擦った感触から、自分を抱いているのが同じ雄だと感じた。鼻孔をくすぐる甘い香りも、きつく抱き締める逞しい腕も、何もかもが同じ性を持つ男のものだと実感した。

「結城――――」

そう言った唇が、再び近づき、合わされようとした。しかし、結城は力の限り拒むと、衝動的に利き手を振り上げた。

その手が下りたときには、バチン!! と、これまでで一番大きな平手の音を響かせた。

＊＊＊

温暖化の影響か、八月に入ると猛暑が続いた。

それでも陽が落ちた深夜はまだましなのだろうが、冷房なしでは過ごせないような、寝苦しい夜が続いていることだけは確かだった。

『何が、お前が好きだ。愛してるだ。東明のことも、鷹栖のことも、本当にどうでもいい？　ふざけるな』

結城も、今年は例年にない暑さを感じていた。それは外気から来る暑さではなく、身体の内側から感じる、燃え上がるような熱さ。体温の上昇のようにも感じられていたが、原因が地球の裏側に姿を見せている太陽じゃないことだけは、結城自身も察していた。

『人をさんざんコケにして。ことあるごとに、変な勘違いばっかりして』

この熱のもとは、たった一人の男の存在に他ならない。

久しく触れたことのなかった他人の温もり、肌の感触、力強い抱擁。太陽が沈むのと入れ替わるようにして現れては、容赦なく熱視線をぶつける真夜中の太陽――――、薬王寺稔明が原因に他ならない。

『なのに、いきなりあんなこと言われたって…。くそっ』

結城は、思い出すたびに唇に手がいきそうになると、自分でハッとし、引っ込めた。

そんな仕草さえ、薬王寺は店の隅から、いつも見つめていた。まるで結城の心の奥まで探るように、見つめ続けていた。それこそビンタで別れたあの夜から、営業日には必ず現れて、薬王寺は結城が自分の前に腰を下ろすのを、ずっと待っていた。

ブラインドを持たない結城自身に、熱視線を浴びせ続けながら――。

「結城さん。そろそろ一週間ですよ。いい加減に、口ぐらい利いてあげたらどうですか？」

あの日を境に、カウンター内に入ってしまった結城に、声をかけたのは瑛だった。

今夜も薬王寺は訪れていた。結城の姿を五番席から、じっと見つめ続けていた。

フロアを挟んでときおり視線がぶつかることはあるが、そのたびにプイと逸らす結城を見つめ、グラスを片手に溜息をつくのが、今や薬王寺の日課だ。

だが、そんな薬王寺に同情してか、今夜も隣の女性客が声をかける。

このときばかりは薬王寺も視線を逸らして、相手の顔を見る。

視線が逸れた瞬間に覚える安堵――同じほどの苛立ち。いずれにしても結城の熱は下がらない。それどころか、ますます上がる一方だ。

『何を、話してんだか。まあ、いいけどさ』

結城は熱くなるたびに、カウンター内でアイスピックを手に持った。無駄を承知で、握り締めたアイスを砕き、あの日に覚えた手のひらの記憶だけでも凍りつかせてしまおうと躍起になった。

そして今夜もまた一つ、オン・ザ・ロックをオーダーされたわけでもないのに、氷の球体が完成した。

ロックグラスの直径にピタリとはまるそれは、結城が仕事柄か趣味が高じて取得したバーテンダーとしての技術の一つだった。しかし、削りすぎて小さくなった氷は、取っておいても、客には出せない。結局、ピックで砕いて水割り用の氷にするしかない。

「そうだぞ。よりにもよって、二丁目の路上でやらかしてくれた分、かなりに噂になってるから、お前が怒るのもわかるけど――――。でも、あの男の立場で毎晩顔を出しにくるって、かなり大変なスケジュール調整をしてると思うぞ。それは、お前のほうがわかってることなんじゃないのか？　ここに至るまでに、ある程度の会話はしてたんだし」

そんな作業に見かねてか、瑛に同調したのは、湊だった。

「まあ、だとしても。許してくれるまで通うからっていうんじゃなくて、お前が堕ちるまで通うからって言ってきたのは、確かにあの男らしいというか、挑戦的だとは思うけどさ。でも、この商売。多少の色気は、切り離せないもんだろう。好かれてなんぼって商売だろう。それとも何か？　実はお前も気があるから、敬遠してるのかよ？」

「そんなわけないだろう。人の気も知らないで、勝手なこと言うな」

結城はアイスピックをしまうと、プイと顔を逸らして、湊たちに背を向けた。

「結城」

両手を拭って、置かれていたスーツの上着を手に取った。

カウンターから出ながら颯爽《さっそう》と上着を着込む姿には、意を決した様子が窺える。

「――――つくよ。仕事するって。だから、少しそっとしといてくれ」

結城は、スーツの襟を正し、締めたネクタイに緩みがないかを確認すると、フロアの奥から真っ直ぐに薬王寺のテーブルへと向かった。

数日ぶりとはいえ、フロアを歩く結城の姿に、客やスタッフは目を奪われる。

長めの前髪をかき上げる仕草が、いつにも増して艶っぽい。

かなり不貞腐れているのが全面に出てしまっているが、それが余計に人の好《よ》さで隠れた艶を放ち、今夜の結城は指名しているわけでもない客にまで、溜息をつかせた。

「やっぱり、マジですよね。結城さん」

「泥酔した鷹栖社長を置き去りにしたところで、気づいてもよさそうなのにな」

結城の後ろ姿を見ながら、瑛と湊がわかり合う。だが、結城がカウンターを出たのに気づいて、代わりに入った孝信が、そんな二人に声をかける。

「言われたとおり、そっとしといてやれ。オーナーが倒れてから、人一倍神経を遣っているんだ。疲れも溜まっているだろうし、頭が考えることを拒否したくなってるのかもしれない」

「孝信さん」

「それに、相手が稔明さんなら、心配はない。なんだかんだ言って、オーナーの弟だ。オーナーも、稔明さんになら結城を任せても大丈夫だろうって笑ってた」

「――――……えっ？」

孝信の微笑に、瑛と湊は思わず顔を見合わせた。

「駄目だしされたら、今夜からでも入店お断りだなと思って、聞きにいってきたんだ。これぱっかりは、代理じゃ判断できなかったからさ」

致し方のない、オーナー不在。この店は確かにスタッフ全員で預かった。そして鷹栖に関しては、結城が自ら進んで、預かった。

だが、勤めるスタッフそのものを預かったのは他でもない、代理を請け負ったこの男だ。

「孝信さん――――」

瑛と湊は暗黙のうちにうなずき合うと、ここからは接客だけに集中した。薬王寺の前に立った結城からも、目を逸らした。

「いらっしゃいませ、稔明さん」

「やっと来てくれたか。待ってたぞ」

そうして、結城は一週間ぶりに薬王寺と言葉を交わすと、それからしばらくは取り留めもない話を肴に、グラスを傾けた。今夜みたいなときこそ、誰か指名で阻《はば》んでくれればいいものを、それもないまま一時間が過ぎていった。

見る間にボトルの中身が減っていく。

「そういえば、稔明さん。いつの間にか店に馴染みましたよね。他のお客様とも、楽しそうに話して」

この間も結城の熱は上がる一方で、とどまることを知らなかった。

これは決して、口にしているアルコールのせいだけではない。

「それは嫉妬か？　少しは脈ありってことか？」

「営業妨害だって言いたいだけです。稔明さん、勝手に隣の子の接客しちゃうから、ヘルプが困ってます。ここに勤める気がないなら、そういうのは遠慮してください」

薬王寺は結城にとって、距離を置いてさえ熱くて熱くて仕方がなかった存在だ。

目の前に来れば、焦《こ》げそうなほどの熱さを感じても、当たり前だろうと思える男だ。

「俺は、どんなに些細なことでもいいから、お前のことが知りたくて、女の子たちに情報収集をしてただけだ。これまでにどんな客がいたのか、店ではどうだったのか、どうしてお前が脱がないホスト、寝ないホストなんて言われているのか。もちろん、お前自身に聞くのが一番いいのはわかってるが、それができなかったから、お前の客に聞いてただけだ」

結城には薬王寺の視線が、真夏の直射日光よりも眩しかった。

『何が、お前のことが知りたいだけだ。脱がない、寝ないホストだ』

一度触れてしまった唇は愛欲を誘い、感じてしまった温もりは肉体ばかりを暴走させる。

『あんたは、何も知らないから、そうやって真っ向から挑んでくるけど、あれを見たら逃げるに決まってるんだよ。現実を知ったら、俺の前から消えるだけなんだよ』

結城は、薬王寺を見ているだけで、背中の獣が暴れる気がした。

『それにしても身体が熱い。いや、そうじゃない。本当は心が熱い。もう、溶けそうだ』

今にも彼に飛びかかり、自分の傍から離れられないよう、その足の一本も食い千切ってしまいそうだと感じることが怖かった。

「どうした？」

結城は、これ以上は持たない。限界だと悟ると、思い切って薬王寺に視線を合わせた。

「いえ…。ところで、俺。あと一時間で上がるんですけど、それまでいられます？」

「ああ」

「なら、今夜は一緒に帰りませんか？　二人で」

はっきりとした誘いを口にした。

「――――!!」

薬王寺は、驚きながらも「わかった」と言った。

そしてそのまま一時間を店で過ごし、会計を済ませると、一足先に店を出た。

結城も時間になるとフロアから上がり、従業員口から店を出ると、表で薬王寺と合流した。


今夜はずいぶんと月が綺麗な夜なんだなと知ったのは、店を出てからだった。

『好き。嫌い。好き』

クラウンに勤め始めて七年にもなろうという結城が、店の客を自分のタイムアップに合わせて引き留めたのは、これが初めてだった。

『嫌い。好き。嫌い』

東は結城を雇うときに、店の外での仕事は、個々に任せている。だから、自分がいいと思う方法で対応していいと言いきったので、結城は一度として今夜のようなことをしたこともなかった。

もちろんこれまでには、一緒に食事ぐらいはしてもいいかなと思う客はいたし、それ以上のことも誘われ、心が揺らぎそうになったことがあるのも事実だ。

だが、結城はそれでも方針を貫き続けて、今の売り上げをキープしてきた。

客にとっては、自分のものにならない代わりに、誰のものにもならないという安心感と未来への期待をさせ、そして店内での接客だけできっちりと売って、今日という日までをやりすごしてきた。

しかし、薬王寺からは、それでは振り切れないという情熱を感じた。本気を感じた。

だから結城は、自分も真摯《しんし》に応えることを心に決めた。

受け入れられないわけをきちんと伝えよう。そう思った。

『好き。嫌い…。違う。そうじゃない。そんなことは問題じゃない。問題なのは現実だ。好きだとか嫌いだとかじゃなくて、俺自身が背負っている事実だ』

結城は、店を上がって薬王寺と連れ立ち、深夜の歌舞伎町を歩き続けた。

『すべてを知ったら、冷めるに決まってる。こんな俺を好きだなんて、言い続けるはずがない。稔明さんは普通の男だ。いや、普通からかけ離れて、俺とは正反対の世界に住む人だ。東都製薬の重役。そういう人の上に立つ特別な男で、どう考えたって俺みたいな人間とはかかわっちゃいけない人種だ。俺は、俺は薬王寺稔明とは違う世界の獣なんだから――』

今になって揺れ惑う気持ちを少しでも整理したくて、ネオンに照らされたアスファルトを一歩一歩踏みしめ、通い慣れた街の中を歩き回った。とはいえ、腕を組んで歩くわけでもなければ、肩を並べることさえない。店を出たときから、常に一歩前を行く結城に、淡い期待を裏切られたような気になったのか、薬王寺はわざとらしくぼやいてきた。

「どういう風の吹き回しなんだ？　今夜は一緒に帰ろうなんて。こんな誘いを受けたら、期待するぞ。このままホテルに連れ込むぞ」

別の店で飲み直しをしようでもなければ、いっそ酔い冷ましに珈琲でも飲むかという話にさえならない。これではいくらなんでも、こういうストレートな話題にしかならないぞ――、そんな口ぶりだ。

「望むところですよ」

だが、結城はそれを待っていたように、答えを返した。

「え？」

薬王寺は驚きから、その場に立ち止まった。ここは人通りも多く、酔っぱらって騒いでいる者も多い。決して静かな通りではない、眠らない街・新宿だ。そんな場所だけに、薬王寺は聞き間違いを疑った。もしくは、もう一度結城に確認を取ることを選んだのだろう。なんせここは、一週間前にビンタを食らった場所だ。用心するに越したことはない。彼ならきっとそう思う。案の定、薬王寺は立ち止まったままの位置から一歩、また一歩と離れていく結城の後ろ姿を、ただじっと見つめていた。

そんな視線を感じてか、結城は三歩ほど先に行ったところで、足を止めた。

「もっとも、こんな時間からチェックインできるホテルなんて、たかが知れてるでしょうし。そもそも週末の繁華街で、空室があるかどうかはわからないですけどね」

ゆっくりと振り返り、戸惑う薬王寺に視線を絡めた。

「でも、今夜は俺も、そのつもりで誘いました。だから、あなたにその気があるなら、連れ込まれても構いません」

だからといって、別に笑って「いいよ」と言ったわけではなかった。

どちらかといえば投げやりな態度、投げやりな口調。今夜の結城は、自分が戸惑い、苛立っていることを隠すこともせずに、これまで以上に乱暴だ。

「なら、連れ込む」

けれど薬王寺は、一瞬にして夜空の月より眩しい笑みを浮かべ、三歩分の距離を一歩で縮めてきた。力いっぱい伸ばした利き腕で結城の肩を摑んで、抱き締めてきた。

やっぱり今夜も、人の視線が痛い――――。

「たとえホテルを丸ごと買っても、今夜は必ず部屋を取る」

「っ！」

そうして子供のようなことを言うと、結城をドキンとさせた。

その場でこめかみに口付け、もっともっとドキンとさせた。

『くすぐったい。キスされるって、こんな感触だったっけ？』

さすがに唇にはしてこなかったが、チュッと耳に響いただけで、結城は肩を窄ませた。驚くより焦るより、素直に困惑を覚える。

『――――って、感心してる場合じゃない。流されてどうする!?』

すぐに恥ずかしくなって、顔を逸らす。一緒に自分の本心からも、気を逸らす。

「そっ、それは豪快ですね。俺には考えもつかない高額なホテル代だ。ドバイでも、楽に連泊できそう」

しかし、どんなに呆れたふうに言っても、それが結城の本心ではないことは、赤く染まった頬が示していた。照れ隠しにしか見えない結城の言い草に、薬王寺はますます高揚するばかりだ。

「俺にとっては、それだけの価値があるってことだ。金には代えられないチャンスだからな」

薬王寺は、その場で結城の手を取ると、感情のままに猛進した。

最初に目についたシティホテルに飛び込むと、迷うことなくフロントに向かった。

そして、

「すまない。ツインでもダブルでもなんでもいい。とにかく部屋を一つ頼む。今すぐ用意できないと、一生に一度かもしれないチャンスに逃げられる」

薬王寺は恥も外聞もなく言い放つと、土地柄もあり、同性同士のカップルにも比較的に慣れているはずホテルマンの頬さえ染めた。

そして、その場でいくつかの空室候補を挙げさせた。

その中から最もいい部屋、一泊十万のジュニアスイートをキープすると、

「さ、部屋を取ったぞ」

得意げに言い放ち、結城を部屋へ連れ込んだ。

この強引さには、結城も笑っていいのか、呆れていいのかわからない。

「そのうち身を滅ぼしますよ」

これまでで一番正直な感想が口をついた。

だが、そんなことはお構いなしだと言いたげな薬王寺は、部屋の扉を閉めると、結城を抱き締めてきた。

「好きなように言え。変に躊躇《ちゅうちょ》して、チャンスを逃すほど馬鹿なことはない。結城…」

溜息交じりに名前を呼んだ唇で、結城の唇を奪いにきた。

「っ、…っ」

結城は心臓が締めつけられるような抱擁を受けながらも、ギリギリのところで顔を逸らした。唇を噛み締め、俯《うつむ》きがちに両腕に力を入れ、薬王寺の身体を押し放した。

「なんだよ。ここまで来て、尻込みか？　それとも気が変わったのか？」

薬王寺は、拍子抜けしたように言った。

拒まれたからといって怒った様子はない、むしろ冷静なぐらいだった。

『稔明さん――――ごめん』

結城は薬王寺から離れると、逸《はや》る気持ちを抑えながら、部屋の奥へ進んだ。

ここから出たい、逃げたいというわけではないことを身をもって示すように、部屋の中ほどまで歩くと、薬王寺に背を向けたままの姿勢で立ち止まった。

「別に。そんなんじゃないですよ。ただ、先にはっきり言っておこうと思って」

そうしてスーツの上着を脱ぎながら、緊張気味に言い放つ。

「何を？」

「いい加減に、目障りなんですよ。今夜は朝まで好きにしていいので、もう店には来ないでください」

「結城!?」

さすがにここまで言われると、薬王寺も冷静ではいられなかったのだろう。名前を呼ぶ声には、明らかにこれまでにはなかった怒気が感じられた。

『稔明さん…』

しかし、それでも結城は、残りの衣類に手をかけた。

きっとこの分では、最初に出会ったときのように、薬王寺の目は鋭くなっている。冷ややかなものになっているだろうと思いはしたが、わずかに震え始めた両手でネクタイを外し、シャツのボタンを外していくと、まずは首筋から肩にかけて白い肌を晒していった。

「ただし、大企業の常務様、じきにもっと上へ行くだろうっていう立場のあなたが、こういう男を本気で抱けるって言うならね」

徐々にシャツをずらして、完全に脱いでしまうと、それを足元へ落として、背中を晒した。

もう何年も他人には見せたことがなかった、これから先も永遠に見せるつもりなどなかった秘密を、結城は奥歯を噛み締めながら、薬王寺に晒してみせた。

「――――っ」

一瞬、薬王寺は何かを言いかけたが、何も言わなかった。

息を呑むだけで微動だにせず、背中に食い入るような視線ばかりが感じられる。

『稔明さん』

結城には、背後で黙られる一秒一秒が、とても長かった。

告白をされたときより、こめかみにキスをされたときより、鼓動ばかりが早まった。

『なんだよ。どうして、黙るんだよ。なんか言えよ。いつもみたいに、言ってこいよ』

いったい今、薬王寺はどんな顔をして自分の背中を見つめているのだろう。そう考えるだけで、胸が痛む。まるで針で肌を刺され、背中も何もわからなくなるほど痛くて痛くて仕方がなかったときのように、結城の目には熱いものが込み上げてくる。

『言えるわけないか。言えなくて、普通か』

けれど、こんな痛みを覚悟の上で、結城は薬王寺を誘った。あえてこの背中も見せた。だから、結城は痛みに耐えつつも、今一度覚悟を決めて、薬王寺に向けて冷ややかに言い放った。

「わかりました？　これが脱がないホスト、決して客とは寝ないホストの正体ですよ」

せめてもの慰めに、足元に落とした衣類を拾い上げると、それを胸に抱き込んだ。

「わかったら、二度と俺にはかかわらないでください。もう、俺の前には現れないでください。俺は、あんたが惚れるような男じゃない。そもそも惚れていいような、人間じゃない」

そうして一方的にしゃべり続けて、話を完結してしまうと、結城は衣類を抱き締めたままの姿で振り返る。

「ホテル、丸ごと買うような馬鹿をやらなくてよかったですね」

まともに相手の顔も見ずに、その脇を通り過ぎると、扉のノブに手を伸ばした。

「じゃあ、そういうことで————っ!?」

が、手がドアノブにかかったときだった。結城は突然腕を摑まれると、力任せにドアから引き離された。

「だから？　何がそういうことで、なんだ？　支離滅裂なこと言いやがって」

自分をすっぽりと抱きすくめてしまう腕の中に閉じ込められて、不機嫌を丸出しにしてくる男の言葉に、不安と期待を煽られた。

「お前な、こんなことで俺が引くとでも思ってるのか？　それで脅したつもりか？　ましてやお前の背中が、俺の立場になんの関係があるのか、さっぱりわからないんだがな」

『噓————!?』

そう思いながら、期待のほうばかりが膨らみ、どんどん大きくなっていった。愛されるかもしれない予感に、結城の全身は熱くなり、ガタガタと震え始める。

「お前な、俺の本気を甘く見るなよ。ここまで来て、誰が逃がすか。こんなものは、ただの子猫だ。俺からすれば、撫でまわして啼かせてやりたいだけの可愛い存在だ」

薬王寺は、そんな結城の期待を更に大きくするように、今見たばかりの背中を撫でつけてきた。まるでその背に生きる獣を愛《め》でるように、指で丁寧に輪郭をなぞる。

「稔明…さん？」

結城は、いつしか自分が、夢でも見ているのだろうか？　という気持ちになってきた。

「わかったか。わかったらもう、下手な言い訳はするな。今夜誘ったのはお前のほうだ。誘いに乗った俺は、このままお前を抱くだけだ」

そうでなければ、こんなことを言われるわけがない。

「ただし、一度抱いたら、二度目も抱く」

言ってもらえるわけがない。

「三度目も、四度目も――、俺はお前を何度だって抱く」

この腕も、この言葉も、きっと全部夢に違いない。

あまりに薬王寺が強烈なことばかりするから、眠りの中にまで入り込んできたのに違いない。

そう思えて、結城はあえて一度瞼《まぶた》を閉じると、夢から覚める覚悟をもって、再び双眸を開いた。怖々ながらも顔を上げ、自分を見下ろす薬王寺の顔を確かめた。

「目障りだなんて言わせない。明日になって懐いてなかったら、そのまま攫《さら》って監禁だ」

すると、そこには一瞬前となんら変わらない、優しくも熱い男の目があった。

「お前のほうから、俺が好きだ、一生俺の傍から離れたくないって懇願するまで、俺以外の誰にも会わせない。たとえ東明や鷹栖にだって、会わせないからな」

これが夢でもなんでもない、現実なのだと知らしめる言葉や抱擁、それだけでは収まりきらない拘束もあった。

「わかったか」

「んっ…!!」

決して夢では感じることのない、生々しい口付け。

「好きだ」

鼓膜から全身を燻る囁き。

「っ、稔明さ…っ」

結城は、何度となく深々と合わせられる唇に意識を奪われ始めると、その手に握り締めていた衣類を足元に落とした。

「俺はお前が好きだ。愛してるんだ」

空になった両手を薬王寺に向け、抱き締められるほどに、抱き返した。

「ん…っ」

そうして唇を貪《むさぼ》り、歯列を割って口内へと潜り込んでくる男の舌先を受け入れると、結城は自らも応じて、舌先を絡めていった。その絡みが激しくなればなるほど淫靡な音を立てる口付けに心酔し、自然に力が抜けてくる身体を、すべて薬王寺に預けた。

「もう、限界だ。全部もらうぞ」

そんな結城に薬王寺は、深々と重なっていた唇を離すと、預けられた身体を力強く横抱きにした。足早にベッドへ向かい、キングサイズのベッド上に結城を放ると、先に自分の衣類を脱いで、足元に落としていった。

「稔明っ…さっ」

間接照明だけが頼りの一室に、それでも雄々しいとわかる裸体が浮かび上がる。残された結城のズボンだけが妙に目立って、邪魔だ。

「俺にお前のすべてを見せろ」

薬王寺は、結城のズボンに手を伸ばして、むしり取るように下着ごと脱がせた。

「――っ」

さすがに一糸纏わぬ姿にされると、結城も身体を縮ませた。理屈ではなく本能から、自分の裸体を覆い隠そうとして、ベッドカバーをたぐりよせる。

「それはないだろう。ちゃんと見せろって」

そんな結城の手を摑み、薬王寺は裸体に裸体を重ねるように、覆いかぶさってきた。

「淡泊そうなふりして、けっこう敏感だな。もう、先が濡れてる」

正直すぎる結城の欲望に己の欲望を重ね、薬王寺は二人の性器を擦りつけるように、腰を揺さぶってきた。

「ちょっ、やっ…んっ」

忘れていたはずの刺激に快感が起こる。それは、一気にペニスから身体中へ広がった。

「あ――」

業火に捲かれたように熱くなった肉体を捩《よじ》り、結城は堪えきれずに喘ぎ、身悶えた。

背中に描かれた、しなやかな獣の色香さえ、生身のこの姿には敵わない。結城が振り乱す髪の毛一本にさえ敵わないだろうと感じた薬王寺の欲望は、ますます膨れ上がるばかりだった
愛撫する手にも、つい力が入る。

「こっちもしっかりと反応してる。可愛いもんだ」

ただ結城は、ここまででも怖いほど感じてしまっているのに、その上濡れた舌で胸まで愛され始めると、湧き起こる快感に応じ切れず、薬王寺からの愛撫を拒んだ。

「やめっ…て、んっ」

どこもかしこも感じすぎてしまって、ついていけない。快感に従順な肉体ばかりが先走り、気持ちが追いつかなくて、どうしていいのかわからない。それが結城には苦しかったのだ。

「あれだけ堂々と俺を誘ったんだ。こっちだってそれなりには、使い込んでるんだろう?」

「痛っ」

それなのに、いきなり後孔を探られ、指の先で弄られ、結城は全身を仰《の》け反《ぞ》らせた。

「綺麗な顔して、背中にこんな気合を入れてるような根性の持ち主だ。容赦も遠慮もいらないよな?　ん?」

「痛いっ、駄目、痛いって!!」

慣れた自分の指よりも太く長いそれで突かれ、気持ちばかりか肉体までもが追いつけず、結城は薬王寺の腕に縋《すが》ると、爪を立てた。

「なんだ。もっと濡らしてからってか?」

訊ねる薬王寺に、結城は大きく首を振って、尚も爪を食い込ませる。

「そうじゃなくてっ…。久しぶりなんだ」

こんなことを口にするなんて、恥ずかしいのか、切ないのかわからない。

だが、どうにかして、肉襞を掻き回しながらスライドし続ける薬王寺の指から逃れようと、結城は必死に身体を揺すり、そして足を閉じた。

「久しぶり？　ここを使うのがか？」

「そう。いや、違っ…。セックス――。セックスそのものが、久しぶりなんだ。だから…」

「だからもっと早く、うんと激しくしてってか？」

しかし、結城が、本気で取り乱していると思ってはいないのだろう。久しぶりに与えられた快感が大きすぎてついていけない。それどころか、それが苦しいのだとは、考えもつかないのだろう。薬王寺はその後もからかうように、結城の後孔ばかりを攻め続けてきた。

「そんなわけないだろう、少しは察しろよ」

思わず結城の柳眉が吊り上がる。

「そう言われたってな。俺はセックスで間を空けたことなんてないから、わからないぞ。何をどう察しろって言うんだ。ん？」

「っ――んっ」

それでも薬王寺は、強引に馴染ませた指を根元まで入れてしまうと、いたずらに中を掻き回してから引き抜き、代わりにいきり立つペニスの先を突きつけてきた。

「そんな顔するなって。希望があるなら、この口で言え。どうやって抱いてほしいのか、どうしたら一番気持ちがいいのか、正直に言って俺に教えろ」

今にも突き入ってきそうな欲望を感じて、結城の肢体は緊張から強張る。

「っ…やっ、本当に…も」

心の中で、不安と同時に期待が湧き起こる。迫り来る恐怖や激痛は、同じほどの快感と悦楽をもたらせる。もしかしたら、すべてを上回る至福になるかもしれないと、甘い期待が、強張る自身とぶつかり合って、自然と結城から抵抗力を奪う。

「言わないなら、好きにするだけだぞ。まずは一度、強引にでも俺のものをぶちこんで…」

「ゆっくりっ!!」

しかし、この場だけは、押し入られることへの怖さが勝った。どんなにそれを超えたところに、甘い愉悦があるのだとわかっていても、結城は目の前の恐怖に負けてしまい、悲鳴を上げた。

「ゆっくり?」

「そう。何をしてもいいから、ゆっくりして。せめて人肌に慣れるまで、温もりに慣れるまで、もう少しだけ時間をかけて…」

薬王寺の腕にしがみつくと、懇願するように訴える。

「最後のセックスが、強姦まがいだったんだ。そのためなのか、それとも単に間が空きすぎたからなのかは、わからない。けど、今こうしてる瞬間も、本当は感じるほど怖いんだ。気持ちがいいのは確かなのに、どうしてか混乱してきて。だから…」

結城の中に燻り続ける、苦くも甘い過去の記憶。

だが、どんなに甘くとも、確かに残っている苦い記憶の数々は、今でも結城を苦しめる。ようやく得られた人肌さえも、すぐには受け入れられないものにする。

ずっと欲しくて仕方がなかった。一人でいるのが寂しかったと思うのに、いざとなると、精神と身体のバランスが上手く取れずに、混乱してくる。

処女でもないのに、しかもこの年になって。そう、思えるだけに、余計に情けなさばかりが湧き起こり、結城はこんなときだというのに、泣きたくなってきた。

「っ、すまなかった。そうとわかっていれば、こんなにガツガツ攻めなかったのに…。悪かったな、気が急《せ》ってて。嬉しくてつい――乱暴にして」

ただ、ありのままの状態、素直な気持ちさえ伝われば、薬王寺は決して攻めるばかりのセックスはしてこない男だった。

「謝るなよ。逆に、恥ずかしいって」

頬や額に優しく口付ける、むしろそんな甘いスキンシップを楽しむような、ソフトでスローなセックスも上手くこなす男だった。

「自分の恥部ばかりが晒されて。汚れた部分ばかりが露《あらわ》になって」

そうして結城が望んだように、ゆっくりと互いの存在、互いの温もりに身体と精神を慣らしていくと、薬王寺は改めて結城の性器に触れてきた。

「だから、言ったじゃないか。俺はあんたが惚れるような男じゃないって。惚れていい人間でもないって――――。んっ」

包み込むような唇淫で、穏やかな快感を与えてくると、今度は無理なく絶頂へ導き、結城の火照った肢体を美しいまでにしならせた。

「もういい。何も言うな。俺はお前が好きなだけだ。惚れてるだけだ」

時間をかけて、願いを叶えてもらうと、結城の心身は自然に薬王寺を欲した。

「この姿も、その心も、全部欲しいと思う存在だ。ただ、それだけだ」

触れるだけではなく、一つに繋がることを求めて、横たわる男の身体を跨いだ。

「好きだ。お前が欲しい。お前にも、俺を欲しがってほしい」

薬王寺に身体を支えてもらうと、自ら自身の中へと彼を招いて、自慰では味わえなかった悦びに浸った。

「俺も…。ぁんんっ」

熱い。触れただけで、焦げてしまいそうな熱い欲望に貫かれ、結城のしなやかな肢体は、悦を感じる都度に、前後に揺れた。

「俺も、欲しい――稔明さっ」

艶めかしくも愛らしい姿に、薬王寺の目が一瞬理性を忘れる。

「結城」

「んんっ――っ!!」

穏やかな水面に、突然一石が投げ込まれたような衝撃に、二人はほぼ同時に上り詰めた。

「はぁっ…っ、ぁ…っ。稔明…っさ」

結城は崩れるように身を倒すと、そのまま薬王寺の胸に受け止められる。

「結城。好きだ。お前が好きだ」

薬王寺は、疲れ切った結城の身体を抱き締めると、改めて背中を撫でつけ、微笑を浮かべた。

「背中にいるこいつも、俺は好きだぞ」

結城と共に生きる獣ごと抱き締められ、ほんの少しだけ結城の心に嫉妬を起こした。

5

いつか、どこかで、誰かが言った。

この世に、明けぬ夜はない。ときが来れば、日は昇る。必ず夜明けはやってくる。

明日は誰にでも訪れる。分け隔てなく、平等に――。

「おはよう。目が覚めたか」

そしてそれは、薬王寺にも訪れた。

「っ、ん…。おは…よ」

結城にも訪れた。

『――やばい。やっちゃったよ』

初めて二人で迎えた夏の朝は、気恥ずかしいほど甘かった。昨夜は男の胸を枕に寝てしまったのだと知り、結城は腕枕より恥ずかしくて、しばらく顔が上げられなかった。

かといって、頬から伝わる薬王寺の胸の鼓動には、もっとドキドキしてしまってたまらない。

部屋に入ったときは勢いもあり、さして気にもならなかったが、シックなジュニアスイートの部屋も、ゴージャスなキングサイズのベッドも、こうなると結城には拷問だ。

サイドテーブルに置かれたアンティークタイプのスタンドさえ、カーテンの隙間から差し込む朝日を受け、眩しくてたまらない。

『どうしよう。どうしたらいいんだろう？　この後』

薬王寺の手が、寝乱れた結城の髪をすいてくる。何度かそうした後には肩を抱き、そうでなくても密着しているのに、尚もギュッと抱き寄せる。

唇が額に触れて、チュッと音を立てられ、結城は全身が真っ赤になりそうだった。

それだけならいいが、今にも欲望が頭を擡《もた》げそうで、困惑は大きくなる一方だ。

「余韻を楽しみたいのは山々だが、そろそろ起きるぞ。今日は行くところがある。残念だがゆっくりしていられないんだ」

「あ、うん」

結城は正直、薬王寺の切り替えのよさにホッとした。

「なら、先にシャワーを浴びてくる」

ホッとしたはずなのに、離れられると、ひどく寂しかった。

『――はぁっ。参ったな』

ベッドも枕も極上で、軽々とした羽布団に潜り込んでいるだけで天国だと感じるはずなのに、一晩かけて馴染んだ人肌が遠ざかると、物足りない。硬質な筋肉に覆われた腕や胸は、こうして離れてみると、恥ずかしいより愛おしいものだと嫌でも気づいた。

だが、そう感じてしまうほど愛されたのかと思うと、やはり恥ずかしさが上回る。

『本当、どうしようかな。これから』

結城は一人で残されたベッドの中に潜り込むと、頭を枕の下に突っ込んだ。

改めて昨夜からの成り行きを思い浮かべて、今後のことを想像してみた。

すぐには何も思いつかなかったし、答えらしきものも浮かばなかった。

しかし、どんなに今想像ができなくても、いずれ結果は出るだろう。一夜が明ければ朝が来るように、結城と薬王寺の今後がどうなるのかは、時間と共に答えが出るだろう。

『でも、だとしたら、ここから先はケ・セラ・セラ――なるようになるか』

結城は、どうなるかわからない未来よりも、この瞬間の至福を噛み締めることを選んだ。少なくとも、薬王寺が戻ってくるまでの数分間は、このまま昨夜の余韻を楽しもうと瞼を閉じた。

身体がだるくて、たまらない。まだまだ眠くて、瞼も重い。仕事明けのそれらとは、明らかに違うとわかる気だるさに浸ると、結城はそのまま眠り込んでしまった。

その寝顔を見つけたときの薬王寺が、どんな表情を浮かべたのかも知らずに、今だけはこの至福な空間の中に、身を投じていた。


学生同士じゃないのだから、結城は「好きだ」と言われたからといって、そのまま薬王寺と恋人同士になるとは思っていなかった。

たとえ勢いのままセックスをしてしまったとしても、薬王寺も大人なら、自分も大人。それも、互いに立場も仕事もある大人の男なだけに、一度寝たぐらいで、今後はどうなるかわからない。場合によってはこれきりだろうし、もしかしたら今後も求められればセックスはしてしまうかもしれない。が、それでも基本は客とホスト。もしくは東を挟んだ知人同士、それ以上の関係には、ならないものだと思っていた。なりようもないと感じていた。

少なくとも、その日の朝までは———。

「はぁ。それにしても、やってくれるよな。まさか二人揃って、病床に交際宣言しにくるとは想像もしてなかった。稔明氏が東明氏の見舞いにはほとんど来たことがないって話は、聖人からも聞いてたからさ〜。よっぽど兄弟仲が悪いんだろうな。結城も、間に置かれて大変だな…って、思ってたんだけど。それが、いきなり二人連れで現れて…。んと、最高に驚いたよ。世の中何が起こるかわからないもんだよな〜、本当」

「浅香…」

その日の夜、店には久しぶりに、浅香が顔を出しにきた。忙しい中、彼が無理やり時間をつくってまで訪れたのは、聖人から耳にした情報を確認するためだ。

結城は、店に浅香が現れた段階で、話がこうなることはわかっていたので、今夜は自腹で空いていたVIPルームをキープした。他に話が漏れることがない状況をつくった上で、日中に起こった惨事といおうか悲劇といおうかを、自分からも浅香に向けてぶちまけた。

「もう、恥ずかしいから言うなよ。誰が驚いてるって、いきなりホテルから病院に連れていかれた俺本人に決まってるだろう。稔明さんが治療室への内線電話を手にしてさ、ガラス越しに寝ていたオーナーに向かって〝二人で付き合うことになったから、報告に来たぞ〟って言ったときには、俺のほうが倒れそうだったんだから。オーナーは驚くよりウケてゲラゲラ笑うし。その後は息苦しくなっちゃって、大騒ぎだし。しかも、これだけでも天地がひっくり返るかと思ったのに、その後はNASCITA本社に連れていかれたんだぞ。いきなりアポなしで社長室に乱入だぞ。今日の半日だけで、俺の寿命は確実に十年は縮んだよ。もう、何してんだこいつって感じ。何度、突き飛ばして逃げようと思ったことか」

そう、ホテルでの二度寝から目を覚ました結城を待ち受けていたのは、薬王寺からの「それじゃあ、ここで」などという、ありきたりな挨拶ではなかった。

精算時にフロントにいたホテルマンの恥ずかしそうな視線、それだけでもなかった。

結城はホテルからタクシーに乗せられると、このまま家に送ってもらえるのかと思いきや、自宅とは反対方向にある渋谷方面へと連れていかれた。そして広尾《ひろお》にある東都大学医学部付属病院へ、その中でも特別病棟へ面会時間も丸無視で連れていかれると、薬王寺にとんでもない交際宣言をされたのだ。

さすがにその後出向いたNASCITAで鷹栖に東の現状を悟られる、またそもそも薬王寺と東が兄弟なのだということも悟られるような言動はみせなかったが、それにしたって結城は薬王寺の大胆さには、本気で勘弁してほしいと思った。路上で突然キスをしてきたり、告白してきたりというのに比べれば、もしかしたらマシなのかもしれないが。だとしても、これじゃあ心臓がいくつあっても足りないと感じたのは、今日が初めてだ。

しかし、そんな結城の気も知らず、浅香はニヤニヤとしっぱなしだ。

「でも、稔明氏が、鷹栖社長のところに出向いた目的も、結局は同じだったんだろう？　これから二人で付き合うんで、よろしくって。そういう挨拶だったんだろう？　鷹栖社長がお前の常連客だって、わかってたから。それで例のオーダー合戦のけりをつけにいったんじゃないのかよ」

今夜はじっくりと聞き出すぞ！

そんなオーラさえまき散らして、グラスを片手にとても楽しそうだ。

「それは、そうだけど…。いや、っていうよりは、単に俺が、鷹栖さまのことをオーナーと同じぐらい大事にしてるのをわかってるから、保護者の承諾を得るような感覚で行っただけだとは思うけどさ――――でも。だからって、唐突すぎだよ。信じられないって」

結城は聞かれて答えるふりをしながら、かなり自分からも話していた。

浅香にならう明かしてもいい、そう思えることを、今夜はすべて話していた。

「まあ、鷹栖社長も面喰っただろうな。社長は、オーダー合戦した相手の正体さえ知らなかったわけだし。なのに、いきなり系列会社の常務が訪ねてきたんだから、最初は何事かと思うよな」

「本当だよ。ただ、あのときは、鷹栖さまも自分が酔ってそうとう馬鹿やったって自覚はあったみたいだから、体裁だけは取り繕ってたけどさ。でも、本当？　って、俺に聞いてきたときの目は真剣だった。鷹栖さまにあんな目で見られたの、俺は初めてだった」

思い出しても、背筋がゾクリとする。

笑って済ませてくれた束はともかく、今日の鷹栖は怖かった。

〝本気で、薬王寺常務と付き合うの？　それって、結城くんも同意したの？〟

〝――――〟

昼間のオフィスに君臨する鷹栖は、夜の世界で顔を合わせている彼とは、まったく違った。

別人とまでは言わないが、クールで大人でシニカルで、他人がつけ入る隙がまるでない。

〝否定できないってことは、肯定か。ま、俺は結城くんがいいなら、付き合えばって思うよ。こういう形で言うのはちょっと不本意なんだけど、薬王寺常務の人柄がいいのは、よくわかってることだし、人にも仕事にも誠実なのは、俺も保証できるから〟

酔ってくだを巻く姿が可愛いと感じたことが、結城は嘘のように思えた。それぐらい、薬王寺に対しても、結城に対しても、昼間の鷹栖はNASCITAのトップとして徹していた。

〝鷹栖さま〟

〝ただ、薬王寺常務。これだけは言っておきますけど、結城くんは俺にとっても、大事な子なんです。知り合ってからずっと、可愛がってきたし。クラウンのオーナーが不在の今、勝手だけど、俺が結城くんの保護者みたいなものだと思っているんです。大げさかもしれないけど、この子に何かあったら、俺はオーナーに顔向けができないんですよ。だから、付き合うのは構わないですけど、傷つけないでくださいね〟

しかし、それでも東のことに触れると、鷹栖の表情はわずかに揺らいだ。

〝何かあって、別れるときが来ても、それは人と人との付き合いだから仕方がないとは思います。けど、納得のできない理由で、勝手に離れるのだけはやめてください。それだけ誓ってくれれば、俺は了解です。わざわざ気を遣っていただいて、本日はありがとうございました。結城くんを、どうかよろしくお願います。そう言うだけです〟

わかってはいても、わかりたくない。納得したつもりでも、納得しきれていない。

消えた束に対しての思いが、言葉の端々に出ていて、それは結城たちと共に沈黙を守ることを約束した薬王寺を、切なそうに俯かせた。

わかりました。約束します。そう言って頭を下げてはいたが、結城には薬王寺が鷹栖の行き場のない思いに胸を痛めたのが、なんとなくだがわかった。

「大事にされてるんじゃん。それだけ」

浅香は、話が鷹栖のほうに流れると、もう茶化したような口調では、相槌も打たなかった。

「ん」

「これじゃあ、外堀を埋められて逃げられないな。もう、稔明氏からは」

話が結城のことに戻っても、それは同じだった。

「――――ん」

結城は、二人の間に流れる空気が落ち着いたこともあって、別のことを考え始めていた。

「嬉しくないのかよ？　他になんか問題でもあるのか？　この段階で、店の関係者と保護者の了承は得てるし、本人の人柄も家柄も保証付き。お前がクラブ勤めしてるっていうのがネックなんだとしても、ここは薬王寺東明の店だ。相手の身内の店だ。ビジネスパートナーとして昔から勤めてるって言えば、別に問題はないと思うが」

心配そうに聞いてくる浅香を見つめ、今なら言えるだろうか？

聞けるだろうか？

そんな質問を用意していた。

だが、黙り込んだ結城の意図がわからず、浅香は不安そうな顔つきになってくる。

「まさか、時代錯誤な身分違いがどうこうって、考えてるんじゃないだろうな？　それを言ったら、俺が付き合ってる和泉聖人は、東都グループを束ねる本家の御曹司だぞ。いずれは他の兄弟と大学病院を背負っていく立場だ。研修医の俺とは身分違いなんてもんじゃないぞ」

「いいんだよ、浅香は。それでも綺麗だから。誰にでも自慢できるぐらい、身も心も綺麗なんだから。でも、俺はそうじゃないから」

結城は、変に誤解されないよう、意を決した。

「は？　なんだそれ。美人だっていうなら、俺はお前のほうが、よっぽど美人だと思うけど？　性格なんか俺よりよっぽど温和だし、優しいし」

「そうじゃないんだよ。そういうことじゃなくて――」

覚悟はしても、いざとなると尻込みしそうになる。結城はグラスを手にすると、勢いづけて中身を飲み干した。

「結城？」

ダブルのロックを一気に飲み干してしまうと、驚く浅香に向かって、胸につかえていたものを思い切って吐き出す。

「なあ、浅香。お前、今、外科医のタマゴだよな。よかったら、俺の相談に乗ってくれないか？」

一瞬、グラスを握る浅香の手に力が入った。

「っ、どんな？」

おそらく、友人として聞かれるなら、こんなに緊張はしないだろう、変に構えることもないだろうが、浅香は結城から「医師として」と話を切り出されたことで、嫌な予感に駆られていた。

まさか結城に限って何かの病に――そんな恐怖が、湧き起こったのだ。

「今の技術なら、刺青って上手く消せるのかな？」

「え？」

あまりに緊張していたためか、浅香は話をされると拍子抜けしたという顔をした。

「だから、今の医学なら、手術とかで刺青を消せるのかなって」

「タトゥー？　それって、よく腕とかに、ワンポイントで入ってるアレ？」

結城には、浅香が何に対して構えていたのかは、わからなかった。だが、意外に軽く返事をしてきたので、更に話を進めた。

「ううん。そうじゃなくて、刺青。背中一面の、純和風」

「――背中一面の純和風!?」

たぶん、話だけでは埒《らち》が明かない。これは、百聞《ひゃくぶん》は一見《いっけん》に如《し》かずだろうと感じ、結城はその場で立ち上がると、スーツの上着を脱いだ。ようやく事の次第を理解してきた浅香の前でネクタイを外し、シャツのボタンを外すと、シャツを脱いだ姿で、浅香に背を向けた。

「結城…、お前」

さすがに、これには浅香も驚きの声を発した。

想像もしていなかった一枚絵が現れ、戸惑っているのが結城に伝わった。

間接照明だけが点る室内に、突如として浮かび上がった獣と目が合い、怖《お》じ気《け》づいたのだろうか、背を向けた結城の耳には、浅香が生唾を飲んだ音が聞こえた。

それでも浅香からは、なかなか言葉が出てこない。何か言わなきゃという気配は感じるが、言葉が見つからない。そんな感じだ。

「ホストになる前に付き合ってた男がさ、ヤクザの幹部だったんだ。何人も情人を抱えてたような、どうしようもない男だったんだけど。すごく好きで、夢中になって。だから、その男に一生ついていくつもりで、覚悟の証として入れたんだ」

結城は、失敗したな――と思いながら、すぐにシャツを着込んだ。

「入れさせられた、とか。無理に入れられたんじゃなく？」

「そう。自分で決めて入れたんだ。だから、これは自業自得」

それでも浅香が会話を続けてきたので、結城は席に着き直すと、一つの目的のためにこの獣が生まれ、住み着いた経緯を簡単に話した。

「そこまで惚れ込んだのに、ついていけなくなっちゃったのか？」

「うん。すごく好きだった。殴られても蹴られても好きだったのに、そいつが俺一人を選んではくれなかったんだ。男でも女でもちょっと好みだと、すぐに手ぇ出して。とにかく、出会ったときから最後まで、ずっとそういう感じだったから、疲れちゃってさ。その上、いろいろ組を絡めたような問題とかも起こって、そいつが刑務所に入っちゃったから、それっきりって感じで…」

結城が話したのは、浅香に自分の過去を理解してほしい、同情してほしいというわけではなかった。

「殴られても蹴られても…って。何、前の男って、恋人にまで暴力を振るう奴だったのかよ」

「酔ったり、カッとなったりすると、抑えが利かなくなるんだ。でも、落ち着けば、ちゃんと謝ってくれるし、普段もすごく優しいし。ま、どんなときでも自制が利くなら、職業・ヤクザにはなってなかったとは思うけどね。ルックスも頭もよかったし。あれさえなければ、もっとまともな人生、歩めたはずだから」

かといって、浅香に誤解されるのは避けたかったので、ありのままの気持ちをぶつけた。

「そっか。そういう過去の曰《いわ》くつきなら、どうにか消したいって思うよな。背中のそれ」

「違うよ。それは、違う。別に俺は、過去と一緒にこの刺青を消したいわけじゃない。男のことを忘れたいとか、なかったことにしたいから消したいって言ってるわけじゃないんだ」

「じゃ、なんで?」

「それは、こういうのは稔明さんにはふさわしくないかなって。これからずっと稔明さんの傍にいたいなら、ないほうがいいって気がしたからって…」

こんな自分を浅香はどう思うだろう?

嫌われることへの不安がないといえば、嘘になる。

「入れるときも男のため。消すときも男のためかよ」

「俺のためだよ」

できれば、嫌わないでほしい。今のままでいてほしい。そんな思いが、結城のグラスを握り締める手を、自然と震わせた。

「自分のため…？」

「そう。単純に自己満足だよ。前の男は、俺に刺青入れろなんて言わなかったし、稔明さんはこれぐらいじゃビビらないって言ってくれた。この刺青ごと、俺のこと好きだって。ちゃんと愛してるって言って、抱いてくれた。けど、だからこそ俺は、稔明さんに似合う人間になりたいなって…。それだけなんだよ。だからこれは、誰のためでもなく、自分のためなんだ」

「そっか…」

浅香は、結城の考えや思いを彼なりに受け止めていたようだった。少なくとも、これを理由に距離を置こう、もう付き合うのはやめよう、そういうふうには見えない。

「やっぱり、無理かな？」

結城は、空になったロックグラスを握ったまま、中の氷を遊ばせた。

「無理だとは言わないよ。レーザー治療とか皮膚移植とか方法はある。自由診療だから全額負担だし、治療に要する時間も、入れたときの何倍もかかるだろうけど、方法はあるよ」

浅香もグラスを手にしながら、はっきりとした口調で言い放つ。

「じゃあ！」

生まれた期待に、胸が弾む。結城はグラスをテーブルへ置くと、身を乗り出した。

「ただし、今より綺麗な肌になれるとは思うなよ。お前のその白い肌が完全に蘇るってわけにはいかない。失敗したらケロイドに、なんてことだってあるからな」

しかし、結城の淡い期待は即座に崩れた。浅香の顔つきが変わっている。これは、ここでは見せない昼間の顔だ。友人としてではない、医療の世界に生きる男の顔だ。

「え？」

「だから、一生ものなんだろう、刺青って。そう簡単に描いたり消したりできないからこそ、死ぬまで背負う覚悟で、入れるもんなんだろう？」

「――――」

結城は、黙るしかなかった。

「ごめん。言い方が悪かった。でもな、結城。お前の気持ちはわかるし、できることなら俺も、笑って協力するよって言ってやりたい。どんな方法でも探してやるから安心しなって、胸を叩きたい。再生医療の研究も盛んだし――いずれは画期的な方法も出てくるとは思う。けど、今の段階では、こういう言い方しかできないんだ。お前がどの程度の知識で消したいって言ったかはわからないけど、刺青って医師の立場から見たら、ものすごく個人差のあるものだからさ」

啞然とした結城に、浅香からの言葉や表情が幾分緩む。

「たとえば、大きさや場所もさることながら、色がどれぐらい身体の奥まで入っているとかで、重度が変わるし。あと、本人が生まれ持った体質にも左右されたりするから、治療方法を選ぶのだって、かなり慎重だ。それに、うちの病院で診るなら、形成外科の扱いだ。もしお前が、整形外科とか皮膚科で大丈夫だろうって考えてるなら、そこからして違うぞって内容だから」

浅香は、それでもかなり丁寧に、結城に説明してくれた。

「形成外科…」

「そう。もっとぶっちゃけるなら、うちでは麻酔外科医込みで、専門の形成外科医を募集中。それぐらい、刺青の消去は一般診療とは分けて考えられてるし、いろんな意味で質の違う対応を求められるジャンルなんだ。だって、そうだろう。健康な皮膚の組織を、わざわざ自分で殺してるんだから。それをなんらかの形で蘇生するって、簡単じゃないよ。だから、そういう根本的な難しさも含めて、俺は医師を目指す者として、賛成できない。お前がこれ以上自分の身体を苛めることには、友達としても反対だ」

決して簡単なことではないとはわかっていても、それでもどこかで楽に考えていた。

昔はともかく、今なら――――そんな甘い期待が確かにあった。

しかし、そんな結城に対して、浅香は知る限りではあっても、それをきちんと教えてくれた。

「それに、お前はそれを自分の意思でやった。過去の男とは、ちゃんと切り離してるとも言いきった。だったら俺は、それが気になって眠れないとか、二次的な精神障害を起こしてない限り、稔明氏にふさわしい自分は、中身でつくれって言う。知識や教養を深めたり、人間性を磨いたり、そういう方向で満足できる自分を目指せって言うよ」

医療の道を行く者として、それ以上に友人として、浅香は誰でも納得しそうな代案までセットして、結城に問いかけの答えを寄こした。

「浅香…」

結城は、納得するしかないと思った。

浅香が言うのは正論だ。どんなに背中が綺麗になったとしても、気持ちが合わなくなれば、別れは来る。互いが互いにとって、魅力がなくなれば、自然に気持ちは冷めるものだ。

『稔明さんにふさわしい自分は、中身でつくれか――』

と、考え込む結城に、浅香が先ほどよりかなり控えめに声を発した。

「あと、これは正直な感想だけど。その背中、無茶苦茶そそるから武器にしてもいいんじゃないか？　自分のセックスアピールとして、フルに活用したほうが、稔明氏も悦ぶんじゃないかな」

「え？」

「だから、なんて言ったらいいのかな。俺も仕事柄、けっこういろんな背中は見てきたけど、お前の背中は、なんか違うんだよ。もとの身体のよさがあってこそだけど、白い肌に血のような牡丹が鮮やかで。妖艶な物腰の虎は、魂に食らいついてくる感じがして――。ストレートに言うなら、誘われる。刺青ってものに、よっぽどのトラウマでもない限り、健康な男なら股間にグッとくる。それぐらいお前の背中って、エロイんだ」

すぐに開き直ったのか、浅香は腹が立つより驚くようなことを、真顔で言いきってきた。

「エロイ？」

結城は思わず手からグラスを滑らせた。

浅香は申し訳なさからか、倒れたグラスをすぐに起こし、こぼれた氷を片づける。

「ごめんな、下品で。しかも俺、それを見た瞬間に、黙り込んだから、お前…不安だっただろう。

もしかして、見せなきゃよかったたって、後悔もしただろう。けどさ、真剣に悩んでる相手に開口一番、エロッ!! って叫ぶわけにもいかないと思って。それで代わりの言葉を探してたんだ。まあ、結局は言っちゃったけど」

都合が悪くなると笑ってごまかすのは、友情が壊れていない証だろうか？

結城はホッとしつつも浅香に怒っていいのか、恥ずかしがっていいのか、わからなくなった。

「あっ、浅香」

「でも!! お前の背中にある牡丹も虎も、俺はお前と一緒に生きてる気がするよ。生気を分け合って、共存してる。そういうふうに見える。だからそんなに瑞々《みずみず》しくて、フェロモン出しまくりなんだろうなって思うし、俺…好きだよ。お前がいいっていうなら、もう一度見たい。もっと明るいところで眺めたい。だから、自己満足のためなら弄ってほしくない。勝手だけど、お前を知る人間がそれを見たら、全員同じこと言う気がする。だって、それはお前が背負ってるものだから。それだけでも最初からよく見えるんだよ、お前自身がいいから」

嬉しいのか、照れくさいのか、浅香が実は口説き上手なのかはわからなかった。

が、結城は、もしかしたら深刻に考えなくてもいいのかな、もっと単純に考えてもありなのかなと、感じ始めた。

「でも、このままじゃプールも温泉も行けない」

そのためか、刺青を消したいと思ったもう一つの理由がポロリと出た。

「は？」

「そういうデート、したことがないんだ、俺」

「———プッ!!」

浅香は、突然次元が違ったか、レベルが下がったかとしか思えない話に、噴き出した。

だが、当事者にとっては、あれもこれも理由は理由、同レベルだ。それを笑われて結城はつい、テーブルを叩いてしまった。

「なんだよ、浅香。笑うなよ。これでも俺は真剣なんだぞ。家の風呂が壊れたときだって、サウナやスーパー銭湯に行けなかったし、お店で慰安旅行に誘われても、誰に見られるかわからないから断るしかなくて…。友達とも遊べなくて。でも、そんなのはいいけど、やっぱり好きな人と付き合うなら、人並みのレジャーはしたいだろう？　人並みの」

「可愛いっっっ!!　お前、信じらんないぐらい、実は乙女？　んな、行きたきゃ、行けばいいだろう、どこへでも！　お前の相手は誰だよ。年商一千億円を超える東都製薬の社長子息で、常務だぞ。プールと温泉付きの別荘どころか、プライベートビーチ付きの別荘だって持ってそうなのに。だいたい、マリンスポーツやレジャーがしたいなら、何もデートにこだわらなくても、俺を誘えって。スキューバダイビングでもサーフィンでもいいじゃないか。ウエットスーツ着ればいいだけだろう、ウエットスーツを。なんで、肌の露出にこだわるんだよ」

「あ…っ」

結城はテーブルを叩いた手の引っ込みがつかず、どうしたものかと思った。

「だろう。温泉だってその気になれば、露天風呂を貸し切りって手もある。お前の背中のこと知ってる奴だけを集めて、一泊二日の旅行したっていいじゃないかよ。なんならうちの保養所を申し込んでやってもいいぞ。そこでだって、家族向けに露天風呂の貸し切りはできるから」

こんな簡単なことに気づけなかったなんて――。

結城は自分が「これ！」と思い込むと、本当に何も見えなくなるタイプだったんだなと、改めて認識させられた。盲目的なのは恋だけじゃない、何事に対してもだ。

「ところで結城、今携帯持ってる？　あったら貸してよ」

「え？　何、どうするの」

浅香は、少なからずショックを受けている結城に手を出すと、反射的にスーツのポケットから取り出された携帯電話を取り上げた。

「こうするの」

「ちょっ、勝手にどこにかけてんだよ！」

いきなり二つ折りの携帯電話を開かれ、操作され、結城は席を立ち上がった。

「あ、もしもし。薬王寺稔明さんですか？　これ、結城の携帯です。俺は結城の友人で浅香と申します。突然すみませんが、ちょっとよろしいですか？」

「え!?」

真顔でなんの冗談だ!?

結城は浅香の言動が唐突すぎて、初めは信じられなかった。

「あ、そうそう。そうです。東都医大の浅香です。もう和泉聖人と付き合ってるんで、変な警戒しないでくださいね。で、いきなりなんですけど、結城が可愛いんですよ。今までプールとか温泉とか行くようなデートをしたことがないから、稔明さんとは行きたいなって言うんです。よかったら、時間があるときでいいんで、連れていってやってくれませんか？」

しかし、しっかりと作動している携帯電話や会話の内容を確認するうちに、結城はこれが浅香の悪ふざけではないのだと知ると、手を伸ばした。

「浅香っっっ!!」

浅香は、携帯電話を取り返そうとした結城を難なく躱《かわ》すと背を向ける。

「はい。はい。あ、そうですか。ありがとうございます。じゃあ、伝えておきますので、よろしくお願いします。――――ほい、終わったぜ」

結城は、通話が終わったそれ差し出されると、奪い返すようにして引ったくり、両手で握り締めて真っ赤になって叫んだ。

「何が終わっただよ!!　なんてこと言ってるんだよ、恥ずかしいな!!」

「でも、すぐに手配してくれるってよ。プール&温泉付き別荘へ二泊三日のバカンス。来週末にでも連れていくから、金曜の夜だけ休み入れとけってさ」

浅香は姿勢を直してグラスを手にすると、座席の背もたれに寄りかかって、わざとらしく足を組んだ。

「えっ？」

「よかったな。今どきの中学生でも見ないような夢が叶って♡」

極上な笑顔でグラスを傾けると、その後は仕草で乾杯してみせる。

「つっつ、浅香っ!!」

このときばかりは結城の絶叫も室内だけでは抑え切れず、メインフロアまで響き渡った。

浅香の名前は一瞬にして、スタッフや客の知るところになった。

今夜もカウンター内では、孝信が頭を抱えていた。

＊＊＊

じきに八月も折り返そうという週末、結城は薬王寺と共に、湘南《しょうなん》の海が一望できる白亜の別荘を訪れていた。

『だからって、まさか本当に来ることになるとは思わなかった。俺が休みを入れるぐらいは、どうってことないけど、稔明さんが半休取るって大丈夫なのか？　週末とはいえ、金曜の昼で上がっちゃって、いいもんなのか？　それとも、お盆だからあり？』

建物から庭先に至るまで、白を基調としたそこは、全体的にニースふう。屋敷の至るところにヤシの木が聳え、一歩足を踏み入れた瞬間に、まるで高級リゾート地へ訪れたような気分にしてくれる。

「こんな近場しか用意できなくて、悪かったな。電話の後に、ちょっと立てこんじまって。けっこう期待したんじゃないか？　どこに連れていってくれるんだろうって」

薬王寺は、あまりに近場になってしまったことに恐縮していたが、結城はこんなデートが実現しただけで大満足だった。

「そんなことないよ。ここで十分。俺にはもったいないぐらいだよ」

そもそも二人でプールに露天風呂が付いた別荘に行ける。そう聞いただけで、結城は先週からウキウキとしていた。たとえこれが土壇場でキャンセルになっても、ウキウキできたことで、結城にはかなり満足だった。なのに、約束した金曜の午後、自宅マンション前まで迎えに現れた薬王寺は、その姿だけで結城をウキウキした状態からドキドキにさせた。

真っ白な半袖のシャツに、スラックスという姿は、単純でラフなものだった。が、どちらかといえば筋肉質でスポーツマンタイプの薬王寺には、とても爽やかで似合っていた。普段はスーツに覆われている肉体のラインが微かに覗け、「わざと選んできたんだ」と言って笑った、真っ白なキャデラックのコンバーチブルのハンドルを握るその腕は、しなやかなのに逞しくて、横目でチラリとするたびにドキドキが加速した。

結城は、これまで男の二の腕に意識するようなことはなかったのだが、軽装だからこそ映える薬王寺の肉体には、想像もしていなかったほどの魅力を感じた。直情的だとも思った。

それにもかかわらず、こちらに到着して最初に楽しんでいるのが、薬王寺の操縦によるクルージングとあっては、もう駄目だ。別荘から近場のマリーナまで案内された段階で、結城のドキドキにはワクワクが加わったというのに、クルーザーが海へ出たときには、ハラハラまで加わって、どうにかなってしまいそうだった。

車の免許しか持っていない結城にとって、薬王寺が小型船舶免許まで持っていたと知っただけでも驚きだった。その上、午後の日差しを避けるようにかけられたサングラスや、大海原の中を自在にクルージングする姿を見せられては、結城は完全にとどめを刺されたようにしか、感じられなかった。船が江の島《えしま》をくるりと回る頃には、骨抜きにされていたのだ。

『今どき、ここまでわざとらしい展開でくる男っていうのも、どうなんだよ』

そうでなくも、好きだと認めてしまったら、自分はおしまいだ。そうとう相手にはまり込むタイプ、盲愛してしまうほうだという自覚があるだけに、結城は薬王寺に向かって「この演出は卑怯だ」と、何度となくぼやきたくなった。

しかし、ここまで徹底されると、もはや敬服するしかない。

薬王寺は、結城がずいぶん可愛いことを言ってきたので、自分もわざとこんなデートを企画した。そう言って笑っていたが、だからといって、本当に実行できることが偉大だと思うのだ。財力にしても、それに匹敵する個人の魅力や能力にしても、どれか一つが欠けたらこの企画は失敗だ。三拍子揃っているからこそ完璧にこなせる、そういうものだと感じたから。

「もう少し波が低ければ、泳いでいいぞって言いたいところだけど――。さすがにそろそろ波が高くなってる時期だし、今日は少し風も強いから、泳ぐのはプールで我慢な」

ただ、こうして薬王寺に感心するばかりの結城だったが、自分が、用意された演出の中に自然に溶け込んでいることついては、かなり無頓着だった。

「うん。でも、これだけでも十分満足だよ。潮風に肌を当てたのは久しぶりだし、外で脱いだのなんか、きっと学生のとき以来じゃないかな？　すごく気持ちがいい」

晴れ渡った空も、青い海も、真っ白な船体を弾く夏の太陽も、たった一人の美しい青年には敵わない。月の下でも眩しいと思った者は、やはり太陽の下においても眩しいばかりで、どうしようもない。薬王寺の男心を惹きつけてやまない。今日は会ったときから何度となく彼が照れくさそうに笑っているのに、結城はそれについては何も考えていないようだ。

「でも、そろそろしまっとけ。そんな柔肌《やわはだ》、いきなり長時間日に当てたら、後が厄介だぞ」

今も薬王寺は眩しそうに目を細めていたが、そこにあるのは西の空に傾き始めた太陽ではない。

「柔肌って言うな。日頃の光合成が足りてないだけだって」

「どんな花だよ、お前は」

すぐにでも手を伸ばして手折らずにはいられない、そんな恋人だ。

「稔明さん」

薬王寺は、大型のバスタオルを広げて結城の背を包むと、そのまままきつく抱き締めてきた。

「岸に戻るか。そろそろ違う遊びがしたくなった」

人目がないのをいいことに、背後から結城の頬や肩にキスをする。

「これって遊びなわけ？」

「男の遊びは、いつも真剣だ」

物足りなくて、唇を奪う。

潮風に晒されていた唇と唇が合わさったキスは、わずかに潮の味がする。

「っん、稔明…さ…」

いつもとは違う唇の味を確かめるように、結城も薬王寺のそれを貪っていった。

腕の中で身体を捻って、熱く火照った薬王寺を抱き締め返す。

「俺は、今すぐ遊びたい」

結城は、薬王寺をその場に腰かけさせると、自らも彼の前に膝をついて、彼の頬に口付けた。

「なんだか、ジリジリするんだ。肌も、心も」

唇を吸い、肩を吸い、頑丈な鎖骨を吸って舐めて、胸元まで唇を下ろす。舌先に薬王寺の鼓動が感じられる場所を見つけると、結城はそこばかりをチュッと強く吸った。

「――――俺の命を吸い取る気か？」

くっきりと浮かび上がったキスの痕に、薬王寺は嬉しそうな、恥ずかしそうな声を漏らした。

結城は嬉しくなって唇を逞しい胸から腹へ、そして下腹部へと這わせていった。

「そうだね。このまま、稔明さんの命を吸い取れたらいいのに。でも、それは無理だから、せめて欲望のほうを吸い取ってやる」

極上な誘い文句を放った唇が、水着の位置まで到達すると、結城は薬王寺の欲望にも火が点いたことを悟った。膨らみ始めたそれを水着の中から引き出し、現れた亀頭にキスをしていき、濡れた舌先で形を確かめながら、口の中へと吸い込んでいく。

「この…、小悪魔が」

結城が見る間に硬く、そして大きくなっていく欲望を舐《ねぶ》り続けると、薬王寺は我慢が利かなくなって、結城の髪に手を伸ばしてきた。

「んっ…っ、ん」

髪を摑んだ手に、つい力が入る。薬王寺の興奮がじかに伝わり、結城を更に興奮させる。

結城は、薬王寺が暗黙のうちに寄こす要求に応じて、熱を帯びたペニスを限界まで貪り続けた。

入口から咽喉の奥までを使って何度も吸い込み、しゃぶり上げ、そうして絶頂まで追い詰める。

「っ、結城っ」

口内への射精を躊躇ってか、それともわざとか、薬王寺は上り詰める瞬間に結城の頭を押しのけ、自らも腰を引いた。そのはずみで溢れた白濁は、結城の顔に飛んだ。

「――――っ…っ」

きょとんとしている結城の頬を伝う白濁が、日焼けと興奮で赤くなった頬に映えて、なんともいえず艶めかしい。

「これって、日焼けクリームにはならないと思うけど」

結城は、頬に飛んだそれを手の甲で拭うと薬王寺の前で、わざとらしく舐めてみせた。

チラリと見せた赤い舌先が、たった今、惜しげもなく男の性器に絡んでいたことを示すと、一度で収めかけた薬王寺の欲望を煽りに煽った。

「船酔いさせてもなんだなと思ったから、堪えようと思ったのに。もう、やめた。来い！　今すぐお前を食ってやる」

薬王寺は、結城を引き寄せると同時に水着を摑むと、結城が声を上げる間もなく、尻をむき出しにしてきた。ほんのりと日に焼けた肌とは対照的に、真っ白に見えるそれを摑むと、人差し指で狭間を探って、後孔を捕らえた。

「こうなったら、食われる前に食い尽くしてやる」

潜り込ませた指の先で中を愛する一方で、噛みつくようなキスをする。熱くなった結城の肉体は更に熱くなり、両腕が薬王寺の身体に絡みつくと、後はなすがままに身を任せる。

「ぁ…んっ」

今日までに幾度か肌を重ねていたためか、結城は多少荒っぽくても、すぐに応じるようになっていた。

「ここ、気持ちいいのか？　指が当たるたびに、中が締まるぞ」

「――――ん。そこ、駄目みたい。すぐにイッちゃうから、触らないで」

それどころか、ここまでテンションが上がってしまうと、早く一つになりたい。薬王寺自身で愛してほしい。そんな欲求ばかりが溢れてきて、自然と細い腰も蠢《うごめ》いた。

「どうせ触るなら、指じゃなく、稔明さんので…触って」

素面ではとうてい言えないような台詞も、薬王寺という男に酔っている今なら、自然と口にできる。

「勘弁しろよ、今のでイキそうになった。お前、今日は可愛いすぎだ」

薬王寺は、結城から半端に下がった水着を完全に脱がせてしまうと、肩からかかっていたバスタオルさえ落ちた裸体に、自分の身体を対面で跨がせた。あえて結城の片足を抱えて陰部を露にし、恥ずかしさからかキュッと閉じた窄みにペニスを宛がうと、それを呑み込むように指示しながら、結城に体重を落とさせた。

「ぁ―――――っ」

一気に奥まで突き入ってきた薬王寺の存在に、結城は苦痛と歓喜が入り交じったような声を上げた。片足を取られ、腰を摑まれ、激しく揺さぶられながらも、中で暴れる肉欲に愉悦を感じ、結城は焼けた肌を更にジリジリと焦がして、薬王寺とその性交に溺れていった。

「ほら、お前ももっと腰を振れ。自分からも、もっともっと俺を求めて腰を振れ」

結城は薬王寺の背中にしがみつくと、言われるままに自分からも蠢いた。

「稔明さ…っ。稔明っ」

身体のすべてで薬王寺を求め、共に上り詰める絶頂を求めて、無我夢中で身悶えた。

「結城…っ、いい―――お前、最高に、いい」

薬王寺の息遣い、吐息、それらすべてが、一つのゴールが近いことを、結城に教えてくれる。

「稔明さ…、稔明さん」

結城は、そこへ一緒に行きたくて必死に堪えた。

「稔明っ―――っ」

だが、薬王寺の腹部で擦られ続けた結城のペニスは、我慢できずに白濁を放った。

肉体の奥から全身に向けて走った痺れるような快感に身体を硬直させると、結城は薬王寺の腕の中で先にイッてしまった。

「っ!!」

身体も自身も一際強く締められて、薬王寺も結城の後を追うように、二度目の解放へと向かった。息づくように収縮する結城の中に、一番熱い飛沫を放った。

「――――っ…っ」

それを受けて、結城がブルリと身体を震わせた。はっきりと感じることができた悦楽の余韻は、それだけで達したばかりの結城を、更に愉悦の底へと落としていく。

「はぁっ…っ、はあっ。なんか――――先が思いやられる気がしてきた」

感じ続ける肉体を抱いて、薬王寺が言う。

「何が？」

「このバカンス中、お前をベッドから出せない気がする。ずっとこうして、抱いていたい」

「えっち」

結城は、嬉しすぎて、恥ずかしすぎて、それしか言葉が出てこない。

「お前にだけは言われたくない台詞だな。こんなに俺を夢中にさせて。感情のままに赴《おもむ》いたとはいえ、東明の店に乗り込んで、お前に会ったのは一生涯で最大のミスだ」

薬王寺は、抱き締めた結城の首筋に顔を埋めると、そこから外耳までを鼻先で撫でた。

「お前とこうならなければ、俺はずっと人間でいられた。決してこんな獣にはなってなかった」

未だに結城の中に潜んだままの肉棒が、徐々に熱棒へと変わっていく。

「こんなに発情したのは、初めてだ。お前を抱いてると、一人遊びを覚えたガキの頃より、盛っ

てるのがわかる。収拾がつかない」

結城は、再び腰を動かし始めた薬王寺に中を刺激されると、彼の背に回した両腕に力を込めた。

「――――馬鹿っ」

薬王寺の耳元に唇を寄せると、外耳に舌を這わせて、悦びを示した。

「でも、嬉しい。めちゃくちゃ、嬉しい」

深く突かれて、喉で止まっていた言葉が口をつく。

「稔明…っ、好き」

結城は心身から身を焦がすような恋愛を感じていた。

西の空に吸い込まれていく太陽よりも、目の前にいる男に堕ちていく自分を感じていた。


二人を乗せたクルーザーがマリーナに戻ったのは、太陽が水平線に触れた頃だった。

結城は船を降りる前にパーカーを羽織るつもりが、あまりの解放感からか、それを手にしたままマリーナに降り立った。

「きゃっ」

「うわっ、ヤクザ?」

「ジロジロ見るなよ、お前ら。因縁つけられるぞ」

間が悪いというのは、こんなときを言うのだろう。結城は、たまたま近くをとおった海水浴客たちに背中を見られ心ない台詞を、だが、正直な感想をぶつけられた。

「結城」

薬王寺は立ち尽くす結城に気づくと、すぐに手にしていたバスタオルをかけてくれた。

「でも、あれってどっかの組の親分と、付き人って感じなのかな？」

「どっちもかなり素敵じゃない」

「だから、見るなってお前ら。睨《にら》まれてるだろうがっ」

距離があるのをいいことに、はしゃぐことをやめない女たちに、薬王寺が視線を向ける。と、さすがに慌ててその場から逃げていく。

結城は、かけてもらったバスタオルの端を摑むと、大きく深呼吸をした。

「――――どっかの組の親分だって」

チンピラと言われても傷ついただろうが、予期せぬ勘違いをされたがために、苦笑するしかない。自分程度の若造が、そんなふうに見えてるなんて、そんなに背中の刺青ばかりが立派なのかと、かえってやるせない。

「それは俺のことで、付き人に見られてるのはお前のほうだぞ」

結城の肩を叩くと、薬王寺も苦笑した。

「え？」

「あまりに貫禄があるのか、実は間違えられたのはこれが初めてじゃない。だが、所詮他人の目なんて、その程度ってことさ。気にするな」

それが本当なのか、優しい嘘なのか、結城には判断がつかない。

今は「そうだね」と笑って、気分を替えるしか術《すべ》もない。

しかしこのことが、浅香に言われて一度は落ち着いた結城の心に、一石を投じたことだけは確かだった。

これまでとは、まったく異なる視点からの不安や憤《いきどお》りを生んだことに間違いはなかった。

『でも、俺の背中にこんなものがなければ、今日みたいな間違いはされないよ。稔明は、どこかの御曹司か、芸能関係者とかにしか見えないし』

結城はその後、別荘に戻ると、笑顔で薬王寺との時間を過ごした。

近場のリゾートホテルでディナーを楽しみ、その後は別荘の露天風呂を堪能し、寝室にたどり着けば、どちらからともなく愛し合った。

薬王寺が海の上で発したように、二人で獣になって、貪欲なほど互いの存在を求め合った。

『俺の背中が、一緒にいる人間まで、ヤクザに見せた。大事な人まで悪く言われるなんて』

ただ、薬王寺が先に眠ってしまうと、結城はずっと考えていた。

『浅香。お前の言ったことは正しいし、俺も一度は納得した。けど、これってやっぱり辛い』

これも自己満足と言えば、自己満足かもしれないが、一度病院へ行ってみようか？

もし、消すとなったら、どれほどのリスクを負うのか、それを今よりもっと明確にしてもらうぐらいのことはしてみようか？

そんなことを考え続けた。

『けっこう、辛いよ』

そうして考えるうちに、西の空に沈んだ太陽は、東の空から昇り始めた。

寝室からバルコニーに続く窓の明かりを遮断していた真っ白なブラインドを、明るくし始めた。

『形成外科か』

結城は、優しく聞こえる小波《さざなみ》の音に惹かれて、ベッドを抜けた。ブラインドの隙間に指を入れると、その隙間から外を眺めて、青々とした海や眩しい太陽に目を細めた。

「どうした？　眠れなかったのか」

ふいにベッドから声がかかる。

「ううん、早く目が覚めただけ。ほら、昨夜みたいな時間に寝ることなんか、滅多にないから」

結城の手が離れると、ブラインドはカシャンと音を立てて、再び表の光彩を遮った。

「そうか。今日も一日晴れそうだな」

結城は薬王寺の腕の中に戻ると、甘えるように抱きつき、「うん」と笑った。

結城の笑顔に誘われてか、薬王寺が口付ける。

「プールは？」

結城がそう聞いたときには、組み敷かれて抱き締められる。

「今日はベッドで一日泳ぐって言っただろう」

落ち着くことはあっても、冷めることのない欲望がぶつかり合って、目を覚ます。

「本気かよ」

「俺は嘘を言わない男だからな」

クスッと笑う薬王寺に、胸が高鳴る。

「それからして嘘っぽいんですけど」

「だったら証明するだけだな――」

飽きることなく寄せられる唇に唇を重ねると、結城は瞼を閉じて、薬王寺からの愛撫に応じた。

「好きだ」

「俺も」

火照った身体に、適温に冷えたベッドが心地よい。

二人はそのまま抱き締め合うと、本当にその日は一日のほとんどを、ベッドの中で過ごしてしまった。見つめ合い、口付け合い、まさぐり合って。互いの存在以外のすべてを忘れてしまったかのように、愛欲に溺れた時間に浸りきった。

そうして、二人が東京に戻ったのは、日曜日の午後だった。

「じゃあ、またな」

都会の空を赤く染める太陽が沈みゆく時間、薬王寺は今夜も同じセリフで場を締《し》めた。

「ん。気をつけて帰ってね」

結城は、聞くたびに受け止め方が変わっていくように思える「またな」の言葉に、胸が締めつけられた。

好きになればなるほど、辛くなる。次に会える喜びや期待より、この瞬間が寂しくなる。

『駄目だな、俺って——何年経っても、こういうところは変わらない。よっぽど独占欲が強いか、根が寂しがりなのかな？』

「結城。そのうち、検討しような」

と、何かを察したように、薬王寺が声を発した。

「何を？」

「ここで、またなって言わなくて済む方法」

今夜はそれを最後に、車を走らせた。

「っ…っ」

結城は、軽くクラクションを鳴らして去った薬王寺を見送りながら、風に吹かれた髪をそっと押さえる。

『それって、一緒に暮らしたいってこと？　この週末みたいに、一緒に過ごそう。同じ空間に、住もうってこと？』

これまでにも薬王寺からは、何度となく思いがけないことを、言われた気がする。だが、こんなに『今夜は眠れないかもしれない』と感じたことは、なかったかもしれない。

『稔明…大好き——。やっぱり、病院に行ってみよう。一度、診てもらおう。一応、浅香にも連絡して、気持ちを説明しよう』

少し強くなり始めた風に流れる髪をかき上げると、結城は小さな溜息を漏らしてから、身を翻《ひるがえ》した。荷物を片手に、マンションのエントランスへと歩き始めた。

しかし、

「何、テレてんだよ。下手なチンピラより、ごついもん背負った男が。一度盛ったら、手のつけられない淫乱ぶりを発揮する色魔がよ」

「っ!?」

エントランス脇から突然姿を現した男に前を塞がれると、結城は心臓が止まりそうになった。

風が、いっそう強くなる。

「ちょっと見ないうちに、色気づいたな、一真。見つけた瞬間にぶっ殺してやろうと思ってたけど、それには惜しい上玉になってやがる」

「室崎…っ」

空には雨雲が広がり、赤く染まった辺りを、見る間に闇で覆っていく。

「覚悟は、できてるか？　できてないなら、今からでもしろよ。俺はお前を許さない。俺を裏切ったお前を、絶対に許さないからな」

伸びた男の手が、有無を言わさぬ勢いで、逃げようとした結城の口を塞ぐ。

『助けて、稔明っ――――!!』

激しい痛みを腹部に感じた瞬間、結城の頭上では雷が光った。

ドン――――と轟音を響かせ、空からは季節の変わりを告げる雨が、ザーと降り始めた。

「お前は俺のものだ。一真」

その場に身を崩した結城を抱き締めると、男は不敵に笑った。

自宅へ向かう途中の薬王寺は、突然の雨に苦笑を強いられながらも、コンバーチブルの屋根を出した。

6

二泊三日の旅行中、結城は極力考えないようにはしていたが、何度か脳裏によぎってしまうことがあった。

それは、薬王寺にどこの誰ともわからない女たちが、熱い視線を向けたのに気づいたときだ。

『どうしてこんなに違うんだろう』

結城はその瞬間、室崎のことを思い起こし、彼の身勝手な言動に一喜一憂した自分自身をも、思い起こした。


「もう嫌だよ。あんなに俺だけにしてくれるって、他とは別れるって言ったのに、どうしてまた新しい女が増えてるんだよ。もう、限界。大勢の中の一人は嫌だよ」

あれは七年前だった。結城が室崎の女癖の悪さに音《ね》を上げて、とうとう泣き叫んだのは、付き合い始めて三年が経った頃だった。

「一真、何興奮してんだよ。別に大した女じゃねぇよ。いつも言ってるだろう。愛してるのはお前だけだって。俺が本気で心を許してるのは、一真だけだって」

五歳年上の室崎は、ヤクザはヤクザだったが、誰が見ても視線を奪われるような、色と艶を持った男だった。それこそ、ときには結城のような同性の心さえかき乱し、一笑で虜《とりこ》にしてしまう、そんな魔性の魅力を持つ雄だった。

「信じられないよ、どうせ、みんなに同じこと言ってんだ…ぁっ!!」

圧倒的なルックスと、切れる頭脳。組織の中でも一目置かれる腕っぷし。あと一つ、たった一つ彼に、人並みの忍耐力か理性があれば、室崎はすでに組の頭に立っていただろう。更にその上をいく存在となって、名の知れた極道漢《おとこ》になっていただろうと言われていたほどだった。

「いい加減にしろって言ってんだろ!! 俺が信じらんねぇのかよ」

しかし、室崎の短気は暴力に直結していた。

「うっ!! っ!!」

そのことは結城の心身を傷つけ、痛めつけるだけではなく、組織内においての室崎自身の格も確実に下げていた。力が制する漢の世界だからこそ、その使いどきがわかっていない、コントロールできないことが、室崎にとって上を目指すには、致命的な欠点になっていたのだ。

「はぁ、はぁ、はぁ…」

「っ…、っ」

それでも結城は、肉体の痛みには耐えられると思っていたし、実際耐えていた。

「一真——ごめん。俺が悪かった。俺のためにこんな墨まで入れてくれたお前に、俺はどうしてこうなんだろうな」

室崎は確かにカッとなりやすく、そうなるとなかなか止まらない。言葉の前に手足が出る。しかし、落ち着きを取り戻しさえすれば、結城にとって誰より優しい男だった。

「室崎さ…っ」

「来い、一真。抱いてやるから、俺にお前の背中を見せろ。お前の覚悟を俺に見せろ」

結城の根底に潜む寂しがりな部分を癒し、満たし、とても甘えさせてくれる男だった。

「いつ見ても綺麗だ。勇ましいのに、艶めかしい姿。気高くも、甘え乞う目が、なんともいえない。こいつはまるで、お前の化身だ。奮い立つような気迫と色気を持ち合わせた、世界でたった一頭の、俺だけの美しい猛獣だ」

二十歳のときに知り合い、まだまだ無垢《むく》だった結城の身体に悦楽を教えたのは室崎だった。

「愛してるぞ、一真。俺が愛してるのは、お前だけだ。本当に心を許しているのは、たった一人のお前だけ。俺は、お前のものだ」

好きという言葉だけで精いっぱいだった結城に、愛という言葉やそれにともなう肉体での表現を教えたのも、間違いなくこの室崎だ。

「室崎さん」

結城は、室崎のことが好きで好きでたまらなかったし、愛していた。

だが、だからこそ、どんなに暴力を振るわれることには耐えられても、室崎の女癖の悪さには耐えられなかった。肉体ではなく精神で受ける苦痛に、ときと共に限界が来たのだ。

そのため、結城は何度となく室崎に対して自分が男であることを主張し、他の女たちとは違うことを誇示してみせた。刺青もその一つに過ぎなかった。

「室崎さん。俺に、杯《さかずき》ちょうだい。いっそ俺を、舎弟《しゃてい》にしてよ」

「駄目だ」

「どうして!?　なんで俺だけがこんな半端な位置に置かれてるの!?　舎弟にもなれない。極妻にもなれない。存在さえ、他の人には隠されて――――俺は室崎さんのなんなの!?　俺のこと少しでも好きなら、一つぐらい願いを叶えてよ」

もう二度と抱かれなくてもいい。情夫として愛されなくてもいいという覚悟さえし、結城は室崎と同じ道に行きたいと懇願したことさえあった。

「俺、室崎さんのこと好きだよ。室崎さんのためなら死ねるよ。喧嘩とか強くないけど、いつでも楯になることぐらいできる。だから、それでもいいから、いつも傍に置いてよ。何回かに一度回ってくるようなセックスの相手じゃなくて、毎日傍にいられるようにしてよ」

「うるせぇよ!!　俺はお前みたいな、やわな舎弟はいらねぇんだよ。あんまりしつこくしてっと、その舌嚙み切るぞ!!」

「――――痛っ」

だが、それはそのたびに駄目だと即答された。

「お前は、俺だけがわかっていればいい存在なんだよ。俺が欲しいと思うときに、こうして応えればいいんだ」

その場で組み敷かれ、衣類を剝がれ、結城が室崎にとっては、情夫以外の何者でもない、共に生きることも許されなければ、表立った女として尽くすことも許されない、どこまでも人目につかない場所で、愛欲を注がれるだけの男。影にも満たない存在なのだと、ねじ伏せられた。

「この部屋で、俺が来るのだけを待ってりゃいいんだよ。わかったか」

「――――ぁんっ」

どんなに抵抗しても、流される肉体に、結城はなす術もなかった。

「俺は、お前が可愛いんだよ。可愛くて、可愛くて、仕方がないんだ。だから、こうして隠しておきたいんだ。それぐらい、わかれって」

痛いほどに甘く感じる室崎からの愛欲は、いつしか逆らいきれない結城自身を追い詰め、涙をこぼさせるようになっていった。

「なら、どうして俺だけじゃ駄目なんだよ。俺一人じゃ満足できないんだよ。俺、苦しいよ。もう、苦しくて、苦しくて、死にそうだよっ」

極限に達すると、台所に走り、手にした包丁を自らの首に向けることもした。

「っ…一真」

「いい加減にして。俺だけにするか、俺を殺すか、どっちかにして。もう、もう俺はあんたから女の移り香なんか嗅ぎたくないっ。他の誰かを抱いた腕で抱かれるのも嫌だ。嫉妬でおかしくなる。このままじゃ狂っちゃうよ」

けれど、ここまですると、室崎も態度を変えた。

心からの悲鳴を上げた結城に、自分の携帯電話を投げると、包丁の代わりにそれを取らせた。

「――――っ？」

「そこまで言うなら、女名前の番号を全部消せ」

「本当？　今度こそ、本当？　もう、俺だけ？」

結城は、室崎の携帯電話を握り締めると、これで救われると思った。

「ああ。しょうがねぇ。俺にお前は殺せねぇ。狂われても困る。負けたよ、お前には」

「室崎さん！　嬉しい。ありがとう。絶対だよ。今度こそ約束だからね」

そのときはもう苦しまなくて済む、これで室崎は自分のものだ、自分だけの男だと思い、安堵した。しかし、安堵したからこそ、痛みが倍になって跳ね返ってきたのは、それから一週間後のことだった。

「室崎。ずいぶん可愛い坊やが、訪ねてきたわよ」

結城はその日、室崎が持っているマンションの一つを、久しぶりに訪ねた。

自分が部屋を与えられてからは、一度として訪ねたことはなかった。室崎が「来るな」と言ったことを忠実に守り、結城は彼がどこにどんなに部屋を持っているのか、すべて知っていたが、この日までは訪れたことは一度もなかった。

が、部屋を訪ねると、出てきたのはバスローブ姿の女だった。結城が中へ通されると、室崎は驚いた顔で、裸体のままベッドから歩み寄ってきた。

「一真。テメェ、なんでこんなところに来やがった」

「一週間も連絡がなかったから、心配になったんだ。電話も繋がらないし、携帯番号も変わってるみたいだし…。もしかして、何かあったのかと思って…。でも、無駄だったね。結局、こうなんだ。これって、ようはあんたの病気だよね？　不治の病だよね。俺が治せるような病気じゃないよね。どんなに好きになっても、愛しても、駄目ってことだよね」

結城は、もうそう思うことでしか、自分を救えないと悟った。

「あっははっ。傑作！　何、この子。本気で言ってるの？　こんな節操なしに向かって、愛してるなんて、馬っ鹿じゃないの」

「うるせぇ!!　黙れ」

甲高《かんだか》い女の笑い声にカッとなると、室崎は手を上げた。

「きゃあっ」

「女には手ぇ上げるなよ!!」

結城は咄嗟に室崎に飛びつくと、その腕を押さえて叫んでいた。

「なんだと？」

「そこまで、最低な男にはならないでくれ。あんたは俺が愛してる男なんだから、女は殴るな」

絶望と嫉妬――どちらが勝っていたのか、結城にはわからなかった。

「坊や…っ」

ただ、女が助かったというようなニュアンスを見せると、結城は自分が女を庇《かば》ったのは嫉妬からだ、室崎の平手一つ、この女には渡したくない、自分のものだという独占欲がさせただけのことだというのが、実感できた。

「テメェ。聞いたふうな口利いてんじゃねぇぞ。来い!!　そんなに抱いてほしいなら、抱いてやる。こんなことぐらいで、いちいち嫉妬してんじゃねぇよ」

室崎は怒りの矛先を結城に向けると、ベッドへ突き飛ばし、銃を手にした。

「俺はそんなこと言ってるんじゃない」

「うるせぇよ、この淫乱が!!」

銃を手にしたまま結城の顔を殴ると、脳しんとうを起こしかけた結城の身体に馬乗りになり、その場で衣類に手をかけた。

ズボンだけを半ばまで下ろすと、むき出しにした尻を抱えて、女の目の前で犯した。

「いやっ、やめろっ!!　いやっ!!」

意識がはっきりと戻った結城が目にしたのは、犯される自分を黙って見ている女の顔だった。

「俺に逆らうな。ほら、すぐによくしてやるから、テメェは黙って尻だけ振ってろ」

「いや――――。いやだっっっ」

結城は、逆らえば逆らうほど、室崎の愛撫が激しくなることを知っていた。

結城を心身から征服しようと、この瞬間だけは自分しか見ないこともわかっていた。

だからこそ、次第に女の眼差しに、嘲笑ではなく嫉妬が浮かんだことに、結城は気づいていた。

すべてが終わったときには、女も濡れているだろう――――。それほど自分が室崎に愛されたことを、強姦されることと引き替えに、見せつけたとも思った。

「いやあっっっ」

背中からのしかかる室崎の背には、雄々しいまでの猛虎が牙を向いていた。

激しい情交で捲れ上がった結城のシャツの下からも、対のように描かれたもう一匹の獣が次第に姿を現していく。

「あぁっ!!　いやぁ――――っっっ!!」

「――うっ」

それを見た瞬間、女は確かに目を細めた。

獣に戻った男が達し、結城の中で悦に浸ると、赤い唇をキュッと噛んだ。

「ほら、これで満足しただろう。満足したら帰れ。お前は邪魔だ」

けれど、結城はそれでもこの場から室崎を取り返すことはできなかった。

「俺はしばらく、こいつといる。また、こっちから連絡するから、自分の部屋で待ってろ」

女から奪い返すことができなかった。

「――…いいよ。もう。俺のことは気にしなくて。俺もあんたのことは気にしないから。二度と、あんたのことなんか気にしないから！」

結城の中で、それでも自分は愛されていると信じて疑っていなかった思いが、崩れ落ちていった瞬間だった。

「だから好きなだけ…そうやって好きなだけ、誰とでもやりなよ。俺はもう、二度とあんたには会わない。絶対に会わないから!!」

結城は、もう駄目だ。本当に今度こそ駄目だと痛感すると、下ろされたズボンを上げて、泣きながら飛び出した。

「ちょっ、坊や!!　待って、坊や!!」

背後から結城を呼び止めたのは、室崎ではなく、なぜか女の声だった。

「室崎、追いなさいよ!! あの子、本気よ。本気で別れる気よ。あんないい子、ここで手放したら、二度と会えないわよ」

「ふっ。そんな暇あるかよ。俺はこれから大事な取引だ。お前も出かける準備をしろ。取引が終わったら、しばらくは国外に出る。お前、ハワイに行きたいって言ってただろう」

「室崎っ!!」

その後、女と室崎が何を話したのかはわからない。

「柄にもねぇ、心配してんじゃねぇよ。あいつはお前みたいな金の亡者とは違う。他の奴とも違うんだ。あいつだけは、放っといたところで、俺の傍から離れねぇし、俺を裏切ることもしねぇよ。いつまでも、ちゃんといい子で、待ってんだよ。背中の奴と一緒にな」

「……っ、室崎。あんた」

室崎が何を思っていたのか、女が何を思っていたのか、結城には何一つわからない。

「馬鹿ね。そうやって自惚《うぬぼ》れてなさいよ。あんないい子、すぐに誰かが攫っていくわ。いずれあの子だって、あんたがどんなにひどい男か、気づくときが来るんだから。このあたしみたいに」

しかし、結城は飛び出したマンションの外で、偶然黒ずくめの男たちを見かけることになった。

「室崎の野郎、ふざけやがって。よりにもよって組のシマを使って、勝手にシャブの売買とは、いい度胸だぜ」

「あれだけ女をとっかえひっかえやってりゃ、そら金もかかるだろうが。だとしても、これはやりすぎだ。あの野郎! 親父さんの顔にドロ塗りやがって。奴が播磨《はりま》組と一緒になって流したシャブのせいで、鳳山《ほうやま》組の若い衆に被害が出た。このままじゃあ、戦争が起きかねねぇ」

「おい、お前ら。無駄話はいいから、とっとと行け。何がなんでも、室崎の野郎の命《タマ》を取れ。世間に詫びを入れるにしたって、奴の首がなければ始まらねぇ。この騒ぎ、収めるには最低でも奴の首と幹部全員の落とし前がいる。でなけりゃ、示しがつかねぇ」

「はい。承知しました、兄貴」

「しらみ潰しに部屋を当たって、必ず奴を仕留めます。なに、ここの上層階だってことは調べがついてるんで、出入口さえ押さえちまえば、袋の鼠ですよ。後は時間の問題です」

『――――室崎さん!!』

通り過ぎた男たちの目的を耳にすると、慌ててその場に止まり、身を隠し、携帯電話を取り出した。

『知らせなきゃ。逃げてって知らせなきゃ…。室崎さんに、知らせなきゃ、殺される!!』

この日は朝からうす曇りだったが、昼も過ぎると雨雲が広がり始めていた。

『でも、ああ、駄目だ。室崎さん、番号を変えてたんだ!! なんで、こんなときに。でも、俺が直接知らせに行ったりしたら、逆に奴らに居場所を教えかねないし…どうしよう』

すっかり辺りが暗くなると、遠くの空では、雷が光り始めていた。

『でも、このままじゃ、見つかる。室崎さんが、殺される!!』

結城は、一分一秒を争う緊張感の中で、マンション前の交差点を挟んだ向こうに、警察署があるのに気がついた。

「もしもし、警察ですか。ヤクザみたいな男が、銃を持ってるのを見たんです。場所を言いますから、すぐに捕まえてください。今すぐ捕まえて、お願い、早く――――!!」

結城が一一〇番通報したのは、これしかないと思ったからだった。

「兄貴、向かいの警察が…」

「なんか事件ですかね？　真っ直ぐにこっちへ向かってきますぜ」

「いったん、引き揚げろ。様子を見るんだ」

警察を呼べば、逮捕されるのは、おそらくは先に気づくだろう追っ手ではなく、不意を衝《つ》かれた室崎のほうだ。室崎は常に銃を手放したことがない。それだけでも十分、現行犯逮捕になるだろうが、その上麻薬まで所持しているとなったら、どれほど罪が重くなるのかは、結城にはわからない。しかし、組を裏切り、追われる立場となった室崎が、ここで殺されてしまうぐらいなら、結城は警察に逮捕されるほうがいいと思った。たとえここで逃げたとしても、いずれは組から刺客が送られる。それを思えば、室崎が確実に追手から逃れて助かるには、もはや投獄されるしかないと思ったのだ。

「一真!!　テメェ、俺を裏切りやがったな」

たとえ自分が憎まれても。一生恨まれ、いずれ仕返しをされる日が来ようとも。これが別れを告げた室崎に対して、自分にできる最後の奉仕だった。

「こんな真似しやがって、どうなるかわかってるだろうな!!」

室崎は、踏み込んだ警察に捕らえられると、豪雨の中で連行されていった。

「許さねぇぞ、一真。お前だけは、絶対に。絶対に許さねぇから、覚えてろよ！」

それでも女だけは逃がすことに成功したのか、逮捕されたのは室崎だけのようだった。

「おい、ガキ。ここで何してる？」

「――――っ」

だが、建物の陰からすべてを見送った結城は、同じように様子を窺っていただろうヤクザの一人に見つかると、声をかけられた。

「何も、別に何も。ただ、警察が来てたから、何かと思って…」

「ふーん、ならいいが。行け」

その場は野次馬でごまかせたものの、結城ははっきりと顔を見られたことから、何もかもが怖くなると、がむしゃらに走って逃げた。

『逃げなきゃ。俺も、逃げなきゃ』

どこへ、どうやって逃げきればいいのかなんてわからなかったが、そうすることしかできなくて、結城は土砂降りの雨の中を、闇雲に逃げ惑っていた。

『疲れた。でも、もう、疲れた』

それこそ、走り疲れて、一台の車に向かって、飛び出すまでは…。

「大丈夫か？　お前」

「動かすな、東。今、救急車を呼ぶ。そのままにしておけ」

「愛…」

そこで東と鷹栖の二人に出会い、新しい運命を切り開かれるまで――――。

結城は、今回出かけた二泊三日のうち、今にして思えば、当時の自分が信仰のように信じて疑っていなかった、一つの〝仕方がない〟があったことに気がついた。

室崎の女癖が悪いのは、彼がそれだけ魅力的だから。どんなに自分が頑張っても、周りが彼を放っておかない。自分と同じように、彼にアプローチをする者がいるのだから、これぱかりは室崎だけのせいではない。だから、仕方がない。そう、自分に言い聞かせていた。

『どうしてこんなに違うんだろう』

けれど薬王寺は、すれ違う女たちがどんなに熱い眼差しを向けても、結城のことしか見なかった。ホテルでディナーを共にしたときなど、結城がドキリとするようなアピールをしてきた女もいたのに、まったく目もくれなかった。おそらく、悔しがる女が唇を嚙んだことさえ、薬王寺は気づいてはいなかっただろう。もしくは、結城にそう思わせるほど、薬王寺は完璧に相手の存在を無視しきったのだ。

『仕方ないことじゃなかったんだ。稔明が俺だけを愛してくれてるから、こうなんだ』

結城は、そのことに気づいただけで、薬王寺のことが、これまでの何倍も好きになれた。

『今の俺が稔明のことしか見えてないのと同じで、稔明も俺だけが好きだから、他を見ずにいてくれる』

今までで一番好きになっている、室崎よりも愛していると確信した自分を、初めて実感したようにも思えた。

『どんなにカッコよくても、モテる男でも、そんなの関係なかったんだ。少なくとも稔明は、ちゃんと俺のことだけを、見てくれるんだから――――』

結城はこの恋を、今度こそ大事にしたいと考えていた。

自分が本当に大事にされていることが手に取るようにわかるからこそ、自分も誰より薬王寺のことを大事にしよう、全力で守っていこうと、決めていた。

しかし、そんな矢先に結城は室崎によって拉致《らち》された。

『稔明…っ。助けて…稔明』

気がつけば、ここは誰の家なのだろうか？

古びたマンションの一室に閉じ込められると、結城は衣類を剥がされ、後ろ手に手錠をかけられ、再び意識を失うまで犯された。まるで薬王寺が残した愛撫の痕を消すように、暴行と違わぬ強姦を受け続けて、次に意識を取り戻したときには、逆らう気力を一切奪われていた。

『表が明るい…。今日は月曜日？　それとも、火曜？』

すでに時間の感覚さえ、なくなっていた。

ただ、それでも――――。

「ほら、一真。このままやり殺されたくなかったら、あの男に話をしろ。俺に言ったように、二度とあんたには会わないって。そう言って別れろ。放っといて捜索願いなんか出された日には、面倒だからな。ちゃんと上手く言えよ。下手なこと吐《ぬ》かしやがったら、わかってるよな」

結城は室崎から自分の携帯電話を突きつけられて、薬王寺との別れを迫られると、精いっぱい声をつくって話した。

「もしもし。俺、結城。いきなりで悪いんだけどさ、新しい男ができちゃったんだ。だから、もう、あんたとは付き合えないから、終わりにして。二度と会えないから、電話もかけてこないで。絶対に会いにきたり、捜したりしないで——迷惑だから」

こんな電話を薬王寺が信じるとは、結城も思わなかった。かえって、自分に何かあった、こんなことを言わなくてはならない状況に陥ったと察し、捜してくれるかもしれないと考えていた。

「少しの間だったけど、楽しかったよ。じゃあね」

だが、その反面。できることなら信じてほしい。この電話を真に受け、自分のことは忘れてほしいと願っていたのも事実だった。

「ふっ。いい子だ」

話を終えた携帯電話を投げた室崎が、あまりにやさぐれていたから。

「んぐっ」

用が済むと同時に、結城の口に猿轡《さるぐつわ》を嚙ませてきた室崎が、別れた七年前には見たこともないほど、嫉妬に満ちた目をしていたから。結城は、かつてないほどの危機感に襲われていた。

「これからは、離れてた分まで、可愛がってやる。あんな気障《きざ》ったらしい男のことなんか、二度と思い出さないように、この身体にも精神にも、俺って男を叩き込み直してやるから、覚悟しとけよ。一真」

『室崎さん……？』

「お前は俺を裏切った。その償《つぐな》いは、一生をかけてさせてやる」

しかも、そう言って結城を抱いてきた室崎は、見るからにチンピラとわかるような男たちと、行動を共にしていた。

「へー。あっという間に言うこと聞くようになっちゃうんだ。さすがは室崎さん。色仕掛けじゃ右に出る人はいないね～」

「それに、その男。飽きるまで犯しても、十分売れそうですよね。背中の彫り物も見事だし、マニア相手なら、そうとう高値が付くんじゃないかな？　腐っても鯛ならぬ、中古でもフェラーリって感じで」

結城は、これなら室崎の命を狙っていた組の男たちのほうが、余程まともに見える。同じヤクザやチンピラでも、全然質が違う——そう思うような男たちを目の当たりにするうち、今の室崎には、薬王寺とかかわってほしくないと感じるようになっていた。

「ねぇ、室崎さん。そいつ、俺らにもやらしてくださいよ」

「そうそう。昨夜からさんざん喘ぎ声だけ聞かされて、こっちはもう、はち切れそうだよ」

「刺青女とはやったことあるけど、男はさすがにないですからねぇ。試しに一度。いいでしょ」

かかわれば、何をされるかわからない。どんなひどいことをするのか、想像さえつかない。

そんな恐怖ばかりが湧き起こり、結城は薬王寺だけではなく、自分が大切にしているすべての人間と、この男たちだけは、かかわらせたくないと思った。

たとえ自分の身に何が起こっても、絶対に――――。

「しょうがねぇな」

室崎は、自分や結城よりも若い男たちにせがまれると、抱いていた結城の片足を持ち上げ、わざと開いてみせた。

『っ――――っ』

結城はそれでも瞼を閉じて奥歯をグッと嚙むと、いつ終わるのかもわからない恐怖と恥辱に、身体を震わせ続けた。


一方、突然別れ話を切り出された薬王寺はといえば、現在都内を車で走行中だった。

結城からの電話が切れた瞬間に、車を目についた駐車エリアに停めると、即座に次の行動に移っていた。

「たった今、俺のところにかかってきた、この番号の発信場所を調べてくれ。至急だ。ちなみに金品の要求は、一切ない。これは営利目的の誘拐じゃない。だが、だからこそ、結城の命が危ない。一刻も早く見つけ出さないと、何をされるかわからない。頼む、どんな手段を使っても構わない。一秒でも早く結城を見つけ出してくれ！」

刻一刻と時間が進む中で、不安と怒りは薬王寺を苛《さいな》んだ。

それでもありとあらゆる手段を駆使し、薬王寺は結城の行方を追い続けていた。

『結城、どこにいるんだ？　声はどうにか出ている感じだったが、無事なのか？』

そう。言うまでもなく薬王寺が結城の異変に気づいたのは二日前、日曜の夜からだった。

薬王寺は、帰宅したと同時に結城に電話を入れていたのだが、その段階で、すでに連絡が取れなかった。自宅電話は留守のまま、携帯電話は電源が切られていて、繋がらない。しかも、何より薬王寺に、これはおかしいと思わせたのは、その時間まで、結城のほうから電話どころかメールの一本も入ってこなかったことだった。

あの日、薬王寺は帰り際に、突然雨に降られていた。コンバーチブルを走らせていた薬王寺に対し、結城ならば「濡れなかった？」という確認ぐらいは、どんなことがあってもしてくるだろう。そう思えば、薬王寺はこれらの条件が揃った段階で、結城に非常事態が起こったことを確信、真っ先に警察に勤める知人へ連絡を入れた。そして次には、鷹栖のもとへ連絡を入れた。だが、鷹栖がたまたま海外出張への移動中で、連絡が取れないとわかると、すぐさま東都医大に連絡を入れ直し、至急、東と面会ができるように手配した。

そうまでして、薬王寺が東から聞きたかったのは、あえて結城本人からは聞くことをしなかった、彼の過去と男についてだった。

どんなに東が、自分よりは結城との付き合いが長い、縁が濃いとはいえ、どこまで事情を知っているのかは、わからなかったし。もしかしたら、結城の背中に刺青があることさえ、知らずにいる可能性もあるとは思ったが、現段階で結城に関して自分以上に詳しいのは、東か鷹栖か店の者たち。もしくは「結城の友人だ」と言っていた浅香だろうと思ったので、薬王寺はクラウンが日曜定休だったことから、東のもとに向かった。

そしてそこに勤める浅香や、主治医の聖人にも同席してもらい、結城の行方がわからなくなったことを伝えた上で、思い当たることがあれば教えてくれと、頭を下げたのだ。

すると東は、病床で横たわりながらではあったが、以前よりは確実にはっきりとした口調で、結城と男の関係や、素性を教えてくれた。

〝虎王《とらおう》組？〟

〝そう…。結城の昔の男は、関東連合《かんとうれんごう》の四神会《ししんかい》系・虎王組の幹部だった男だ。ただ、薬に関しては、ご法度《はっと》の組にいたにもかかわらず、室崎は勝手に手を出した。私腹を肥やし、他組に犠牲まで出した。その結果、落とし前として、虎王組から刺客を送られる羽目になったんだが…、それを偶然知った結城が、奴を死なせたくない一心から警察へ通報した。先に逮捕させることで、奴の命を守ったんだ…。だが、室崎はそれを知らないからな。そうとう結城を恨んでるはずだ。結城にしてみれば、ただの恨まれ損だ〟

三年ほど付き合ったらしい二人の間に何があったのか、そしてそこにはどんな組織が絡んでいたのかを、順を追って薬王寺に説明してくれた。

〝しかも、結城はこのことが知れれば、虎王組のほうからも室崎の情夫として追われる可能性があった。だから、そこは虎王組に知人がいた俺が事情を説明して手を回した。今後、結城に関しては、俺が保護すると同時に監視する。そして、室崎が出所してきた際、結城になんらかの接触を図ってくるようなことがあれば、必ず俺が虎王組に知らせる。奴を引き渡す手筈を整えるってことで…。それを条件に、結城のことはなしってことにしてもらった…。だから、結城が消えたっていうなら、虎王組にも連絡を入れる義務がある。だが、蛇の道は蛇だ。もしかしたら、向こうも何か情報を持ってるかもしれない。もちろん、お前なら警察方面からでも、十分捜査は進められるだろうが、一刻を争うなら双方から捜すに限る。使えるものは、なんでも使うに限る。だから、この件に関しては虎王組に連絡してくれ。あと、番号を教えるから孝信たちにも連絡してくれ。こんなときに使える情報網や人脈は、あいつらも少なからず持ってる。伊達に夜の世界に長く生きてないからな――――。必ず、結城を助けるために、動いてくれるはずだ〟

薬王寺はその場で束から、そして浅香からの話を聞き合わせることができたおかげで、結城がたった一人の男のために、どれほどもがき、苦しみ続けてきたのかを知ることになった。

〝わかった。聞いてみる。ありがとう、兄貴〟

〝結城を…頼むぞ、稔明。あいつは、やっと笑えるようになったんだ。何年もかけて、やっと本心から笑うことができるようになって、恋までできるようになったんだ。だから、どうかそれを守ってやってくれ。お前が――――〟

命がけで好きになったはずの男に痛めつけられ、繰り返し裏切られ、それでもいざとなれば、我が身の危険さえ顧《かえり》みずに相手を救おうとする。

たとえ相手に恨まれても、自分は恨むことなく今日に至っていたことを知ると、薬王寺はどうしてときおり結城が、愛されることに怯えた目をするのかが理解できた気がした。薬王寺にとっては、なんでもないようなことでも喜び、全身でそれを現すのか、納得もできた。

〝稔明さん。うちの病院にも、四神会鳳山組の現組長の身内がいます。俺、一緒に結城のこと捜してもらえるように、頼んできます〟

〝ああ。よろしく頼む。俺は、警察に知人がいるので、そっちから当たるので〟

薬王寺は、今ほど結城を抱き締めてやりたいと思ったことはなかった。

もう大丈夫だから、安心していいから、絶対に俺は裏切らないし、お前を傷つけないからと、きつく抱き締め、キスしてやりたい。何万回でもそれをしたいと、感じたことはなかった。

『結城。必ず見つけてやる。俺が取り戻してやるから、絶対に無茶なことはするなよ。変なところで開き直って、男を刺激するようなことは、絶対にするな。新しい男だろうが、過去の男だろうが、そんなものは俺が必ず――――』

と、苛立つ薬王寺の手元で、ＲＲＲＲ、ＲＲＲＲと携帯電話が鳴った。

「もしもし」

〝薬王寺か、俺だ。携帯の発信場所がわかったぞ。港区《みなとく》広尾の七丁目。大学病院の裏にある、古いマンションだ。公《おおやけ》に、第一方面本部から向かわせることも可能だが、同期で休暇中の奴だけを集めて向かうこともできる。どうする？〟

警察に勤める友人から、ようやく得られた正確な手掛りに、薬王寺の表情にも覇気が漲る。

「わかった。すぐに俺も向かう。悪いが今回は、個人的なこととして頼みたい。行きがかり上、四神会のほうとも情報交換をすることになっているし。今後のことを考えると、結城の名前は公的なファイルには残したくない。早く連れ戻して、あいつには穏やかな生活をさせてやりたい」

〝ＯＫ。なら、病院の駐車場で落ち合おう〟

用件のみの短い会話を終えると、薬王寺はすぐに別の番号にかけ直した。

「もしもし。薬王寺だが――――」

そしてここでも手短に話を終えると、携帯電話をスーツのポケットにしまい、車を合流地点へ向けて走らせた。


ときは少しばかり遡《さかのぼ》る。いっとき繋いだだけのわずかな通話から、よもや発信場所が割り出されたとは知らない室崎は、震える結城の裸体を抱きながらサイレンサー付きの銃を構えていた。

「室崎…さん」

銃口を向けられていたのは、若い男たち。三人いたうちの一人は太腿を撃たれて、のたうち回っていた。

残りの二人も、事態の変化についていけず、困惑したまま室崎を見つめている。

「しょうがねぇな、お前らは本当に。いつもあれだけ〝俺のものは欲しがるな〟と言ってんだろう。こいつは、俺に色目を使ってくるような女たちとは違うんだ。金や薬欲しさに、傅《かしず》くふりするお前らとも違うんだ。わかったら、向こうへ行ってろ。二度と余計なこと言うんじゃねぇ。こいつに指一本でも触れてみろ。次はドタマをぶち抜くからな」

結城は、次第に男たちの目の色が変わったことに、ますます背筋が冷たくなった。

男たちは言われるままに怪我人を支えて部屋を出た。しかし、その目には、先ほどまではなかった、室崎への嫌悪や憎悪が生まれていた。明らかに、結城への嫉妬も生まれ、室崎との間に亀裂を生じさせていた。

『――室崎…さん？』

結城は、以前の室崎も理解しがたいものがあったが、今の室崎はもっと理解しがたいと感じた。室崎が結城を恨み、心底から憎んでいるのはわかる。それは今も彼の全身から伝わってくる。だが、わからないのは、それと同じぐらい、以前にはなかったものを感じることだった。それは結城一人に対しての執着。室崎は、七年前の結城が泣いて縋って欲したものを、なぜか今になって向けてくるのだ。恨んでいるはずなのに――なぜか。

「お前は、俺のものだ。あんな奴らには、指一本触らせない。あの男のもとにも返さない。いいか、一真。これからお前は、俺だけを愛して、欲して、縋って生きるんだ。昔、そうしてほしくて、泣きじゃくったように。俺だけを愛してくれないなら自分を殺せと迫ったように。それでも意のままにならないなら、俺を警察に売ることまでしたように、俺だけを見るんだ」

室崎は、ほとんど身動きが取れずにいる結城の裸体を背後から抱き締めると、愛おしそうにキスをしてきた。肩に、首に、そして頬に。その仕草は甘く、優しく、傷ついた結城の肉体を慰撫《いぶ》し、包み込むようだった。

だが、だからこそ、結城には室崎の言動の意味が理解できない。

しかし、

「変な話だよな。警察にパクられたときは、本気でお前を殺してやろうと思った。あんなにお前が憎いと感じた瞬間は二度とないものだと思っていた。だが、それよりもっと憎いと感じる瞬間はやってきた。そう、あの日。お前があの男を追いかけて、歌舞伎町の路地を走った夜だ。お前は、偶然道端でぶつかった俺にも気づかず、通り過ぎていった。あの男以外は、何も見えなくなっていたんだ」

室崎の話を耳にするうちに、結城はハッとした。その脳裏には、泥酔した鷹栖との関係を誤解し、店から出てしまった薬王寺を追いかけた夜のことが思い出された。

〝痛ぇな、気をつけろ!!〟

人の波を掻い潜り、ぶつかり、それでも結城は薬王寺の背だけを追いかけた。

〝ごめんなさい。すみません、急いでるので〟

肩をぶつけた相手の顔さえ見ずに、振り返ることもせずに、前だけを向いていた。

〝なっ!〟

〝稔明さん〟

結城は、あのときから自分は薬王寺のことしか見えていなかったのだと、改めて知った。

それも、他の者ならいざ知らず、室崎と接触していながら気づかなかったほど。結城自身でさえ、考えられないようなことだと思うほど、あのときすでに、結城は薬王寺にすべての意識を奪われていたのだ。

「俺は、全身が震え上がるほど、お前が憎いと感じた。と同時に、この仕打ちに比べれば、警察にパクらせるなんて、可愛いもんだとも思えた。あれはあれでお前の愛だ。俺への精いっぱいの愛ゆえの反抗だったと感じられて、笑いさえ込み上げた——なあ、一真。そうだろう」

だが、だとしたら。結城自身がこれほど驚いているのだから、室崎からすれば、衝撃を通り越して、ただ唖然としていたかもしれないと結城は思った。そして、そんな覚えのなかった感情が、これまでにはなかった一つの執着を生んだ。よりにもよって、結城に無視されたという現実が、これほどの情念を生んだのだと考えれば、今の室崎の言動が理解できる。

「やっと気づいてくれたんだって、喜べよ。こんなにも愛してることに、ようやく気づいてくれたんだって、泣いて抱きつけよ。それがお前の償いだ。俺に何年も臭い飯を食わせた、お前の義務だ。さあ、俺を抱け。自分から抱きついて、俺を欲しがれ」

そう言いながら手錠を外した室崎は、やはり昔から何一つ変わってはいなかった。自己中心的で、自己顕示欲が強くて、結城を振り回すばかりだった。再会しても何一つ喜べない、悲しくなって、苦しくなって、結城には首を横に振ることしかできない、何年経っても勝手気ままな存在だ。

「どうして首を振る？　どうして、拒絶する？　お前だけは俺を裏切らないはずだろう。何があっても、俺だけを愛してるはずだろう。一真！」

室崎は、わずかに残った気力を振り絞り、彼を拒んだ結城に向かって、怒鳴り散らしてきた。

たった一言、口にさせたい言葉のために、結城から猿轡も外した。

「――――もう、遅いよ。その言葉、あのときの俺なら喜んだ。あのとき言ってくれさえすれば、俺はあんたを警察になんか渡さなかった。きっと…あんたと一緒に、死ぬことを選んだ。俺だけは、どこまでもあんたについていった」

結城は、室崎が何を求めているのかわかっていたが、応えることはしなかった。

どんなに怒鳴られ、脅されても、室崎が求める言葉は一つとして発する気はなかった。

「けど…、俺はもう、本当に愛してくれる人に巡り合ったんだ。俺のことだけしか見ない人、俺のことだけを思って、大事にしてくれる人。そういう人に、愛してもらう悦びを教えてもらったんだ。だから、今になってそんなこと言われても、あんたの身勝手な愛にはついていけないよ。乱暴で、傲慢で、痛いばかりの愛にはついていけないし、欲しくもない」

しかし、涙ながらに明かした本心は、室崎を怒らせ、更に凶暴化させるだけだった。

結城は逆らう術のない身体を掴まれると、勢いづけて、ベッドの下へ突き落とされる。

「――っ」

「一真!! 撤回しろ。今の言葉を撤回しろ!!」

それでも室崎は、一人では起き上がることさえできない結城の裸体を揺さぶり起こして、その頬に平手を往復させた。

「お前は、こうされることだって好きだったはずだ。俺から与えられるものなら、なんでもいいって、悦んでいたはずだ」

そうかと思えば、呼吸を止めるほどの口付けをし、拒む結城のペニスを力の限り握り締めた。

「――っ!!」

結城の美貌が苦痛で歪《ゆが》む。力任せに掻き毟《むし》るように扱かれて、あまりの激痛に結城は悲鳴も上げられない。それでも、意のままにならない結城に激怒し続けると、室崎はその場に結城の身体を叩きつけて、ベッドに置かれていた拳銃を摑んだ。

「嬉しいって言え。俺が、お前しかいないって言ってやってるんだ。愛しているのは、お前だけだって。なのに、なんで言わない？　一言でいい、言え。お前から俺を求めてこい!!」

ぐったりとした身体を利き足で踏みつけ、両手で銃を構えると結城の胸元へ銃口を下ろした。

「言え、一真」

「俺は、稔明が好き…。稔明しか、欲しく…ない」

しかし、そこまでされても、結城は薬王寺への思いしか口にしなかった。たとえこのまま殺されても、自分に嘘はつけない。薬王寺への愛は曲げたくない。結城は、今にも消え入りそうな声で呟くと、笑みさえ浮かべて瞼を閉じた。

「一真!!」

室崎は激情のままにトリガーにかかった指に力を入れた。

次の瞬間、ダン――――と、耳を劈くような銃声が響き渡った。

「っ…っ――――」

それでも目を開けようとしない結城の裸体に、鮮血が滴《したた》り落ちた。

サイレンサーの付いた銃は、室崎の足元から二メートルほど離れた床へと転がっている。

「貴様、どうしてここに？」

大勢の他人の気配に、室崎は部屋の出入口を、ゆっくりと振り返った。

「せめて仲間ぐらいは、大事にしとくんだったな。怪我人はきちんと診てやるし、今回だけは見

逃がしてやるから大人しくボスを差し出せと言ったら、全員無抵抗で降伏したぞ。誰一人、お前を庇おう、逃がそうって奴は、いなかった。踏み込んだこっちが切なくなったほどだぞ」

室崎に銃口を向けていたのは、薬王寺だった。その背後には、久しぶりに見る虎王組の幹部が顔を揃えていた。また、室崎が見たこともない男の顔もあった。だが、確かに室崎と行動を共にしていた男たちの姿はない。

「っ…っ」

「どうだ？　胸が痛むだろう。撃たれた腕より何より、自分が世界でたった一人だ。味方もいないってことのほうが痛いだろう。けどな、そんな痛みを結城はお前と付き合ってた間中、感じていたんだ。三年もの間、お前以外の人間との付き合いをほとんど遮断されて、お前の愛だけを求めるように仕組まれたにもかかわらず、何度も裏切られて、傷ついて。そのたびに、たった一人で苦しんだんだ」

薬王寺は、立ち尽くしたまま微動だにしない室崎に銃口を向け続けると、次を撃ちたい衝動を堪え、怒りのすべてを吐き出した。

「何が、愛してやってるだ。そんな押しつけがましい愛情、誰が欲しいもんか。結城は、他人を好きになるだけで、幸せを感じる奴じゃないか。だからこそ、お前に愛されることより、愛することに喜びを感じて、必死に尽くしてたんじゃないか」

しかし、ほんのわずかに銃口がぶれた瞬間、室崎は身を翻して、飛ばした銃に飛びついた。手にすると同時にトリガーに指をかけ、倒れた結城を庇う薬王寺に向けて、立て続けに発砲した。

「わかったような口を、利いてんじゃねぇ」

バスッ、バスッという鈍い音と同時に、薬王寺からも二発目、三発目と発砲される。

「うぐっ!!」

室崎は肩と脇腹を撃たれて身を崩した。が、薬王寺は髪に銃弾が掠《かす》っただけだ。

「いい加減に、甘えるのも大概にしやがれ！　お前にほんの少しでも、愛された喜びがあるなら、結城に今までありがとうって言ってやれ!!　じゃあな、元気でなって、笑って消えてやれ!!」

薬王寺は、室崎の額に銃口を向けたまま、四発目の撃鉄を起こしていた。トリガーにかかった指には力が入り、後は弾を発射すれば、結城の前から永遠に室崎を消すことができた。

「…ざけ…ろ」

しかし、四発目が発射される前に、室崎はその場に倒れて動かなくなった。

薬王寺は、意識を朦朧とさせながらも力ない手で、自分のスーツの裾を摑んだ結城を抱き締めると、発射されなかった四発目の代わりに、声を大にし、室崎を罵倒した。

「それが、せめてもの愛だろう。こんなになっても、こんなにされても、最後の最後までお前を見殺しにはできない、結城への愛だろうがよ!!」

その声が、室崎に聞こえたかどうかはわからない。結城に届いたかどうかさえわからない。

ただその後、その場に居合わせた男たちの耳に響いたのは、銃声ほどけたたましいサイレンの音だった。表で騒ぐ野次馬たちの声だった。

結城と室崎が、駆けつけた救急車で運び込まれたのは、目と鼻の先にある東都医大だった。

「発砲からは逃れたみたいだが、全身に受けてる暴行の痕がひどいな。急いで精密検査をしてくれ。内臓や脳に損傷があると厄介だ。くれぐれも見落としがないように、慎重に。いいな」

救急救命部には、知らせを受けて応援に駆けつけた黒河がいた。

浅香も研修医ながら、看護師としての資格も持っていることから、今ではここが常駐になっている。人手が足りないときには、手術室の担当看護師もこなす、そんな働きをしている。

ただ、それだけに、浅香は目の前に運ばれてきた結城の姿を直視すると、激怒した。今だけは、落ち着いた対応などできなかった。

「黒河先生!! そうおっしゃるなら、どうしてこのまま結城についてくれないんですか!? どうして黒河先生が、あの男のオペを担当するんですか!!」

浅香は感情のままに叫んでいた。

「そら、結城よりも室崎のほうが重症だからだ」

「あんな奴なんか、俺でも十分です!! こんなに何年も結城を苦しめて。数えきれないほど結城のこと裏切って。挙句に、まだこんな目に遭わせて!! どうして、なのにどうして、助けなきゃいけないんですか!? 黒河先生が結城じゃなくて、なんであいつを助けるんですか!?」

ぶつける先がなかったとはいえ、黒河に当たっていた。

「浅香。運ばれてきた患者をトリアージしてみろ」

しかし、そんな浅香に黒河は、冷ややかに言い返す。

「トリアージ!?」

それは、災害などで複数の患者が一度に出た場合、一人でも多くの人命を救うために、現場に駆けつけた医師や看護師によって搬送の優先順位が示される〝タグ付け〟を意味していた。と同時に、患者の重軽傷の度合を三十秒内という規定時間で判定をしてみろということも意味していた。

「優先すべきはなんだ？　俺たちに求められるものはなんだ？　それがわからないなら、ここから出ていけ。今すぐ白衣なんか脱いじまえ」

もちろん、この場では必要としないものだが、黒河はあえて浅香に言ってきた。患者二人を私情抜きに診たとき、お前の判定はどうなんだと、真っ向から問いかけてきたのだ。

「黒河先生っ」

比べるまでもなく、重傷なのは室崎のほうだった。死ぬか生きるかという秤《はかり》にかけるなら、結城にそこまでの危険はない。それは浅香も、わかっている。人としての感情が受け入れたくなかっただけで、医師としてなら運ばれてきた瞬間に判断も判定もできていた。

「後は俺がやる。患者を助ける気のない人間は、ここにはいらない。足を引っ張られるぐらいなら、一人でやったほうが、マシだ。さ、早く出ていけ」

「っ、先生」

「出ていけ！」

しかし、結果的には感情が勝ってしまい、黒河の逆鱗《げきりん》に触れて現場から出された。

「────っ」

かつて浅香は、尊敬する黒河が行うオペには欠かせない、専属のオペ看だった。

院内外問わず、天才外科医と評判の黒河が手術室に入ったときに、もっとも信頼を寄せるチームのメンバーの一人で、浅香自身もそのことが一番誇らしく、誰にでも胸を張れることだった。

だが、それだけに浅香にとって黒河の激昂は、神からの雷にも匹敵するものがあった。

その場で白衣を脱ぎ、膝を折らせてしまうほどの力が、十分にあった。

「純…っ」

話を聞きつけ駆けつけた聖人も、さすがに今の浅香には慰めの言葉がなかった。

膝を折らせたのが黒河なら、立たせることができるのもまた黒河。聖人は、これだけは黒河がオペから戻るのを待つしかないと、奥歯を嚙み締めた。


そして二時間後────。


「お疲れ様でした、黒河先生」

「おう」

黒河は、仕事が一段落すると、浅香の前に戻ってきた。

室崎の手術は無事に終わっていた。結城のほうも検査が終わり、特に内臓や脳には損傷がなか

ったことが明らかになると、その後は適切な治療を受けて、まずは関係者たちをホッとさせた。

そして、薬王寺の胸も撫で下ろさせた。

「少しは頭が冷えたか？」

浅香は、黒河に声をかけられても、白衣を脱いだ姿で廊下に正座したままだった。

「はい。すみませんでした」

「なら着替えてこい。仕事に戻れ」

「いえ、俺はもう…っ」

声をかけられると同時に、涙が溢れて止まらない。この瞬間まで、流れていなかったのが嘘のように、浅香はしゃくり上げて泣き出した。

「俺にはもう…っ、医師を目指す資格はありませんっ。辞めます」

普段気丈な浅香だけに、こうなると黒河には手に負えない。隣で聖人は睨むし、廊下を横切る人々の目は冷ややかだし、針のむしろだ。

「馬鹿言え。こんなことでお前が仕事を辞めたって、誰の得にもならねぇよ。着替えて、仕事に戻って、結城についてやれ。さすがに室崎につけとは言わねぇよ。俺もせっかく助けた患者を殺されたくはない。奴は生きたまま、警察病院に転院しなきゃなんねぇしな」

「でも」

仕方がないので、浅香を慰めるというよりは、その気を逸らすために話を変えた。

「そういやな、浅香。奴らに同行してきた刑事の話によると、薬王寺稔明って男は、かつての同僚だそうだぞ。それも射撃に関しては、学生時代にオリンピック代表候補選手だったほどの腕前で、同期の中じゃ知らない者はいないってぐらいの凄腕だったらしい」

「えっ？」

あまりに話が飛んだためか、浅香はボロボロと涙をこぼしながらも顔を上げた。

黒河は、よしよし上手くいったとばかりに、白衣のポケットに両手を突っ込むと、廊下の壁に疲れた身体を寄りかからせて、続きを話した。

「もともと正義感が強くて、警察学校を首席で卒業。その傍らで上級公務員試験にも合格していたことから、末は警視庁だろうが警察庁だろうが、牛耳《ぎゅうじ》ることは間違いないと言われていた桁違《けたちが》いに将来有望なルーキーだったそうだ。家の都合で転職したらしいが、同期の連中とはずっと付き合っていて、今でも時間ができると一緒に趣味で射撃もしているらしい」

それは、薬王寺がいつか結城に漏らした愚痴の中に出てきた過去の仕事と夢の話だった。

いずれは結城も、薬王寺本人から聞くだろう、薬王寺の過去だ。

「――――が、ってことはだ。薬王寺なら、あの場のどさくさ紛《まぎ》れに、室崎を撃ち殺すことは、可能だったってことだろ。湧き起こる憎悪から、狙いすまして室崎を撃ったところで、奴には正当防衛を主張できるだけの状況がある。それをまかりとおすだけの知識もあれば、コネもあるんだから、奴にさっきのお前ほどの憎悪と衝動があれば、確実に室崎は息の根を止められていたってことだ。結城の目の前で」

浅香は、自分に問いかける黒河を見上げていると、言葉が詰まって何も言えなかった。うなずくだけで精いっぱいだった。

「けどよ、仮にも昔愛した男を、今愛している男が殺しちまうっていうのは、結城本人からしたらどうなんだ？　手を叩いて喜べることなのか？　俺のためにありがとうって、笑って言えることなのか？　自分の手で仕留めるならまだしも、最愛の男に殺《や》らせてしまったって負い目を、一生感じるのは結城なんじゃねぇのか？　でもってよ、ダチのお前が医師って立場を利用して、それをしたところで、同じことだろう？　ん？」

　黒河が全力で室崎の治療に当たっていたのは、医師としての使命もあったかもしれないが、もう一人の患者を確実に救うためだった。結城がこれ以上心に傷を負わないように、今以上痕が残らないように。だからこそ、最善を尽くしたのだとわかると、恥ずかしさばかりが込み上げて、浅香はうなずいた後、目を伏せてしまった。

「俺はな、浅香。奴が寿命で逝くか、まったく関係のないのところで逝かない限り、どう転んでも苦しむのは結城だと思うぞ。他の誰でもない、結局最後まで室崎を憎み切れずにいた。長い人生のほんのいっときとはいえ、愛したことを後悔していなかった結城一真自身だってな」

　黒河の厳しさは、彼の優しさの現れだ。黒河の冷酷なまでの冷静さは、誰より熱い激情を抑えるためのストッパー、完全なまでの自己抑制だ。職場をとおし、誰より近くで見てきたはずなのに。浅香はそう思うと、ますます顔が上げられなくなった。

「でもって、薬王寺もそれがわかっていたから自分を抑えた。あんな銃撃戦になったにもかかわらず、撃ち殺せなかった。殺さない努力をしないわけにはいかなかったんだろう。メダリストを目指していた射撃手としても、もと警察官としても」

と、そんな浅香を見ながら、聖人が肩をポンと叩いた。

「なあ、純。稔明氏はな、銃撃戦の最中だっていうのに、室崎に向かって、結城に今までありがとうって言ってやれって。じゃあな、元気でなって言って別れてやれって、叫んだらしいぞ」

「今までありがとう。じゃあな、元気でな？」

浅香の顔を上げさせ、ここには自分もいる。俺という医師もいるんだから、黒河にばかり心酔していくのはやめろ――――そう言わんばかりに、笑ってみせた。

「一番綺麗な別れ言葉だと思わないか？　どんな言葉より、結城にとっては良薬だと思わないか？　それってさ」

そして、一度は浮かべた笑みを消すと、聖人はもう一つ付け加えた。

「それに…、室崎自身にとっても本当は一番いい言葉だと思う。今回みたいなケースの場合、被害者のケアが大事なのは当然のこととしても、再犯防止のためにも見落としちゃいけないのは、加害者の精神状態だ。そこに至る原因の解明だ」

「精神状態？」

驚く浅香に彼もまた、一人の医師として、先駆者としての姿を見せた。

「ああ。結城にしても周りの奴にしても、室崎がなまじヤクザなんて商売をしてたから、精神疾患があるとは考えなかったんだろうが、俺は東やお前から話を聞いていたら、その可能性はあると思えたんだ。どうも室崎には、暴力を振るうことでストレスが解消されていたとは、思えない節がある。特別な快感も覚えてないし、ましてや性癖からだとも感じられない。どっちかっていうと発作的だ。落ち着けば、後悔するっていうのが芝居じゃないなら、ありうる話だろ？　もしかしたら、幼少時代を遡っていけば、虐待された経験があるかもしれないな…ってさ」

　黒河が、思い出したように言う。

「そういや、パッと見は刺青でごまかされてたが、奴の背中にはけっこう古傷があったな。聖人の予想も、満更外れてねぇかもしれねぇな」

『幼少時の虐待――DVの後遺症による精神疾患か』

　浅香は、これはこれで胸の痛い話だと思った。室崎のしたことも、室崎自身を許すこともできないが、もしも過去にそんな原因が潜んでいたのだとしたら、彼はその傷を治すきっかけを、結局は自分で壊したことになる。本当に愛してくれた結城のために、自身を矯正できなかったことが、他人も自分も傷つけてしまう一番の要因になっていた気がしてならない。

「ま、だとしても、そんなことはもう結城には関係ないし、室崎にはもう一度檻にでも入って、精神修行なり治療なりをしてもらえばいいだけだとは思うがな」

　ただ、話を締《し》めるように聖人が言ったことは、確かにそれはそうだということで、浅香は今後の結城のためには、室崎との関係がなくなるのが一番だと思った。

「ん。結城には、幸せになってほしい。今度こそちゃんと大事にされて、幸せになってほしい」

　できることなら、薬王寺が求めた別れが好ましいが、それが叶わないまでも、それに近い形になればと心から思った。

しかし、それから数日が経った日のことだった。

「今回のことでわかった。俺は、やっぱり稔明にはふさわしくない。似合わない人間だよ。こんなことになるなんて…。稔明にまでこんな思いさせるんて、別れたほうがいいよ」

浅香の願いも虚しく、結城は面会に訪れた薬王寺に、別れ話を切り出していた。

「馬鹿言うなって。ここまで大騒ぎしたからこそ、二人でホッとしなかったら意味ないだろう。これまでの分も、お前が幸せにならなかったらオチがつかないよ」

それは意識が戻ってから、結城がずっと考えていたことだった。

自分が幸せであるより、薬王寺に幸せでいてほしい。何よりそれを願う結城が、弱気に思われるかもしれないが、精いっぱい考えて出した答えだった。

「でも、俺…。こうってなったら、他が見えなくなるタイプだし。人前では肌は晒せないし。

――刺青も…、ここまで彫ってあると手術で消すのは難しいって言われちゃったし」

「他なんか見なくても、俺のことだけ見てればいいだろう。肌にしたって、俺以外の人間の前でホイホイ脱がれることを考えたら、かえって好都合だ。だいたい、手術で消すってどこから出てきた話なんだよ。どうりで病室に主治医でもない医師が出入りしてると思ったら、そんな相談してたのかよ。油断も隙もないな」

しかしそれは、薬王寺を怒らせるというよりは、呆れさせるだけだった。

「でも、俺の刺青のせいで、稔明までヤクザに間違われたこともあるし」

「だから言っただろう。俺は警官やってた頃から、ヤクザと間違われてたって。今でも間違いなく親分に見られるのは、俺のほうだ。背中の子猫は気に入ってるんだから、そのままにしとけ。俺は今のお前に惚れたんだから、これ以上は愚問だ」

しょうがないな——と、笑われるだけだった。

「愚問って…」

結城は、真剣に悩んで出した答えだっただけに、笑い飛ばす薬王寺に少しだけカチンときた。もっとちゃんと受け止めてほしいという思いから、他にも気になっていたことを、ここぞとばかりにはっきり言った。

「でも、これからも店は、辞めるつもりはないし」

「別に辞めろなんて、一度も言ってないだろう」

「俺、若く見えるらしいけど、三十一だし」

「何か問題か？　俺は今年三十四だ。丁度いいじゃないか」

薬王寺の笑いは止まらなかった。

「嫉妬深いし、キレたら何するかわからない」

「そこは俺も負けない自信があるな。危うく奴のドタマを、ふっ飛ばす寸前だったしな」

「性欲も強い。けっこう淫乱かもしれない」

「どんなご馳走だよ、お前」

結城が言うほど、それは痴話喧嘩にもならなかった。

「オーナーと鷹栖さまだけは特別。何をおいても、誰と比べても、最優先」

「東明が回復すれば、見方は変わる。俺にだって、ときと場合によっては優先するかもしれない友はいる。知人もいる。ついでに言うなら、仕事はハードだ。俺がお前を構ってやれないときだって、いくらでも出てくる」

これを言ったら、きっと怒る。そう思って、結城が切り札のように出した優先順位さえ、薬王寺は笑顔で受け止めた。

ただし、

「だが、その分、俺は他人からプライベートをとやかく言わせないだけの仕事はしてきたつもりだ。交際にしても結婚にしても、親族にだって何も言わせない。個人に戻ったときの俺は自由だ。お前が好きだ。愛してる。できれば一生、俺の愚痴を聞いてくれ。恥を晒すのは、一人でいい。生涯、お前だけでいいから」

薬王寺は、結城と同じほど真剣だった。ちゃんと結城の不安な気持ちをわかった上で、涙がこぼれそうなほど優しい笑顔で、力強い返事をしてくれていた。

「——稔明」

傷だらけの頬に落ちた涙を拭われ、結城は今度こそいいんだろうかと思った。

「お前、怒った顔もいいが、泣き顔はもっといいな。もっと泣かしたくなってくる」

「最低っ」

このまま薬王寺が好きだと言って、愛してると言って、甘えてしまっても。

「そうだろう。お前に似合いの男だと思わないか？　何度でもビンタのしがいがあるだろう」

横たわる自分を覗き込む頬に手を伸ばして、触れて、撫でつけてもいいんだろうかと思った。

「稔明――――」

薬王寺は、それでも結城が恐々と伸ばした手を取ると、巻かれた包帯が痛々しいそれに口付け、微笑を浮かべた。

「なあ、結城。お互い知り合ってから、まだ間もない。焦ることはない。これからゆっくり、愛し合っていけばいい。喧嘩したり、仲直りしたり、旅行したりしながら、新居を探したりすればいいだろう」

結城は、湧き起こる喜びが抑え切れなくて、身体に残る痛みさえ無視して、両手を薬王寺に向けて伸ばした。

「お前を泣かすのも、この背中の猫を啼かすのも、これからは俺だけだ。な、結城」

「稔明」

抱き締められて、ホッとする。

「好き、好きだよ、稔明」

心も身体も安堵する。

「俺は、稔明だけが、好き。稔明だけが欲しいよ」

結城は、この瞬間だけは忘れたくないと思った。

何年経っても、覚えていたい。そして、薬王寺に感謝したい。そう思うと、力の限り抱き返し、実は別れ話にドキドキとしていた薬王寺の胸を撫で下ろさせた。

エピローグ

八月も終わり、季節は夏から秋に変わろうとしていた。

結城は順調に回復すれば半月程度で退院できると言われ、治療に専念していた。

その間、見舞いにはいろいろな者たちが訪れた。孝信を始めとするスタッフたち、話を聞きつけた常連客たち。海外出張に出ていた鷹栖などは、話を聞きつけ驚くと一時帰国してきてくれた。

結城は、毎日来てくれる薬王寺もありがたいと思ったが、こうして自分を心配してくれる人の多さに、改めて感謝の気持ちが起こった。と同時に、今後どんなに自分が薬王寺に夢中になっても、彼との恋に溺れても、結城は見舞ってくれた人々への感謝を忘れない限り、昔のような恋の仕方はしないように思えた。それこそ何も見えなくなってしまうような、闇雲な情熱と背中合わせなだけの危険な恋、盲愛はしない。薬王寺とは、すべてを見渡しながらでも夢中になれるような、そんな眩しい恋。明るい恋愛ができるような気がした。

そして、そんな結城にとって、もっとも強烈な見舞い客となったのは、警察病院へ転院する前に顔を見せた室崎だった。

「二度とお前の顔なんか見たかねぇ。もう、これっきりだ。あばよ」

車椅子姿の彼が残していったものは、たったそれだけの言葉だった。しかし、それは結城に、何物にも代えがたい解放感をくれた。

薬王寺では決して与えられない、過去を完全な思い出にしてしまう力をくれた。

「結城、よかったな」

「ん」

浅香は、ほんの一分もないやり取りを見守ると、自分も何か肩の荷が下りたような気になった。

今回、大事な友達に対して、医師としてはまだまだ無力だったとは思ったが、それでも白衣を脱がずに、この一瞬に立ち会えたことは、心から喜べた。手配をしてくれた黒河や聖人、警察関係者にも、感謝することもできた。

「先生、言われたことは守ったからな。そっちも必ず守れよ」

「おう」

ただ、浅香にしても、結城にしても、一つだけ気になったことがあった。それは別れ際に見せた室崎と黒河の妙なやり取りだった。

「何？　あれ？」

「術後に黒河から脅されたんだよ。剃毛されて、カテーテルの刺さった全身ヌード写真を、日本中の極道にバラまかれたくなかったら、結城とのけじめをつけろって。自分の言葉でいいから、ありがとう、さよならって言えって」

その気がかりは、すぐに聖人が解いてくれたが、二人には笑うに笑えないものだった。

「っ…、えげつなっ。俺に手術されて失敗されたほうが、よっぽどよかったんじゃねぇの？」

浅香は、こんなところまで黒河の黒河らしさを見せつけられると、本気で彼には敵わないと思った。いや、敵わなくてもいいと痛感した。

とはいえ、

「多分な。俺でもそう思う。と、それより吉報だ、吉報。結城くん、実はね」

二人を笑えなくしたのが聖人なら、この場に笑いを取り戻したのも聖人で――――。

「本当ですか？　オーナーの病状が落ち着いてきたって。じきに一般病棟に移れそうって」

結城は、唯一の心残りとなっていた東の病状、そして鷹栖への真実の告白に明るい未来が待っていることを告げられると、痛む身体を起こして、聖人に再度確認を取った。

「ああ。だから、君が退院する頃には、鷹栖社長にも、東との面会許可が出せるよ。やっと、本当のことが言えるよ。君には一番心労をかけたと思うけど、もう安心していいよ」

「そんな、俺なんか…。ありがとうございます、先生。本当に、ありがとうございます」

聖人から満面の笑みをもらうと、浅香に身体を支えられながら、一際声を大にした。

「どうした？　今日はずいぶん賑やかだな」

と、そんな声に誘われたかのように、薬王寺が見舞いに現れた。

「あ、稔明。聞いて、稔明。和泉先生がね！」

病室の窓からは、眩しいばかりの日差しが差し込んでいた。

しかし、最愛の恋人に向けられた結城の笑みには、敵わないものだった。

おしまい♡

あとがき

こんにちは、日向《ひゅうが》です。このたびは本書をお手にしていただきまして、誠にありがとうございました。私的に本書は、受けの背中にこだわった一冊でございます。たぶんこの本で発刊九十冊目になるのですが、受けの背中一面に刺青《いれずみ》を入れたのは初めてだと思われます。あとは他社さまですが、やんちゃな極道の坊ちゃんの腕に入れたぐらい？　なんにしても刺青好きな私には終始ウキウキな執筆でした。が、しかし！　このウキウキを何百倍もの高揚感にしてくださったのは、やはり挿絵の水貴《みずき》先生に他なりません。このたびも素敵なキャラたちをありがとうございました。担当さまにも感謝です。今後も懲りずにどうかお付き合いの程、よろしくお願いします。

　あと、最近商業誌だけでは飽き足らず、同人誌のほうでもチョコチョコとDrシリーズを書いております。詳細をご希望の方は返信用封筒を同封したお手紙でお問い合わせをしていただけると幸いです。ちなみに今回はややこしいので聖人《まさと》のあだ名には触れませんでした。なので、わかる方だけ場面に合わせて「キヨト」読みしてくださると嬉しいです（笑）。

　それでは、またどこかでお会いできることを祈りつつ。

CROSS NOVELSをお買い上げいただき
ありがとうございます。
この本を読んだご意見・ご感想をお寄せください。
〒110-8625
東京都台東区東上野2-8-7　笠倉出版社
CROSS NOVELS 編集部
「日向唯稀先生」係／「水貴はすの先生」係

CROSS NOVELS

Blind Love～恋に堕ちて～

著者
日向唯稀

2008年8月22日　初版発行　検印廃止

発行者　笠倉伸夫
発行所　株式会社　笠倉出版社
〒110-8625　東京都台東区東上野2-8-7　笠倉ビル
[営業]TEL　03-3847-1155
FAX　03-3847-1154
[編集]TEL　03-5828-1234
FAX　03-5828-8666
http://www.kasakura.co.jp/
振替口座　00130-9-75686
印刷　株式会社　光邦
装丁　團夢見(imagejack)
ISBN　978-4-7730-9924-9
Printed in japan